潘公主を
『誰もが振り返るいい女』に
してみせます！
転生した
新米宮女、
後宮のお悩み
解決します。
百花宮の
HYAKKAKYU NO OSOUJIGAKARI
お掃除係 4

3巻の 雨妹診療記

明賢からのご指名で、お忍び診療に
出掛けることとなった雨妹。
目的地は佳を治める黄家の若頭・利民の
屋敷で、そこに嫁いだ明賢の
妹・潘玉を見舞いに行くというものだった。
道中、身体の不調に苦しむ民を
救うため、雨妹の知識と技術が大活躍！

この国では珍しいレモンを
土産用に獲得して、いざ、佳へ!!

ようやく到着した佳は、海沿いの
異国情緒溢れる明るい町だった。
しかし町では海賊の被害に悩まされる
民の声が多く、利民も
海賊への対応で多忙のよう。

今回の患者である潘公主は、もともと
ぽっちゃり気味だった体型が今にも
倒れてしまいそうなほどやせ細っており、
雨妹はその原因がどうやら、
都育ちであることや、外見を批判された
ことによる精神的なものと見破る。

雨妹は潘公主が佳で
心穏やかに過ごせるよう、
健康的なダイエット計画を
成功させることを心に誓うのだった！

百花宮のお掃除係 4

HYAKKAKYU NO OSOUJIGAKARI

転生した新米宮女、後宮のお悩み解決します。

黒辺あゆみ

イラスト しのとうこ

口絵・本文イラスト
しのとうこ

装丁
AFTERGLOW

目次《もくじ》

幕間　百花宮の人々　007
第一章　発明家と海賊騒ぎ　013
第二章　日焼けと美肌　059
第三章　檸檬を食べよう！　080
第四章　雨妹、一人　110
第五章　海賊退治　168
第六章　戦勝の宴　183
終章　「帰る」　241
書き下ろし短編　お礼をする人、される人　252
あとがき　262

人物紹介

張雨妹　チャン・ユイメイ

看護師だった記憶をもつ元日本人。
生前は華流ドラマにハマっており、
せっかくならリアル後宮ライフを体験したい
という野次馬魂で後宮入り。
辺境の尼寺で育てられていた際に、
自分が現皇帝の娘であるという出生の
秘密を聞かされるが、眉唾と思っていた。
おやつに釣られやすい。

劉明賢　リュウ・メイシェン

崔国の太子殿下。雨妹に大事な
姫の命を救われた恩もあったが、
最近は個人的にも気になって
動向を観察している。
雨妹の好きそうなおやつを見繕うのが
楽しくなってきた。

王立彬　ワン・リビン

またの名を王立《リー》勇《ヨン》という。
明賢に仕える近衛兼宦官で、
近衛のときは立勇、宦官のときは立彬と
名乗って使い分けている。
周囲には双子ということにしている。
権力や地位に興味を示さず気ままに後宮
生活を楽しんでいる雨妹を気に入っている。

陳子良　チェン・ジリャン

後宮の医局付きの宦官医師。
医療の知識も豊富で、頼りになる存在。
雨妹の知識の多さに驚き、
ただの宮女ではないと知りつつも
お茶飲み友達として接してくれている。

鈴鈴　リンリン

明賢の妃嬪である江《ジャン》貴妃に
付いている宮女。
小動物のように可愛らしい。
田舎から出てきた宮女で雨妹よりも
先輩にあたるが、雨妹が手荒れを治す軟膏や
化粧水を作ってくれてからというもの、
後輩のように懐いてきてくれる。

黄利民　ファン・リミン

黄家の若頭。幼い頃より海の荒くれた男達と
共に育ったため女性の扱いを知らず、
都から迎えた潘公主に
どう接すればいいか悩んでいる。
自身の荒い性格を見せないようにと、屋敷を離れ、
海にばかり出るようになってしまった。

潘玉　パン・ユウ

明賢の妹で、黄家に嫁いだ公主。
もともとはぽっちゃりした体格だったが、
黄家や屋敷内でのいざこざが
原因で体調を崩してしまった。
好奇心が強く、海や外来文化、
新しい料理にも興味を示す。

路美娜　ル・メイナ

台所番を務める恰幅の良い宮女。
雨妹によくおやつを作って
持たせてくれる
神様のような存在。

楊玉玲　ヤン・ユリン

後宮の宮女たちをまとめる女官。
雨妹の目と髪の色を見た瞬間に
雨妹の出自に気づき、以降、
それとなく気にしてくれている
面倒見のいい姉御。

幕間　百花宮《ひゃっかきゅう》の人々

百花宮では、ここのところ茹《う》だるような暑さが続いていた。

「やれやれ、今年の夏は暑過ぎないかい？」

台所の熱気から逃げて井戸の近くで涼んでいた美娜《メイナ》は、少々はしたないが衣服の足元と襟元をバタバタとさせて風を送り、少しでも涼をとろうとしていた。

そして、そろそろ井戸に浸《つ》けている豆花《トウファ》が冷えている頃だろうからと、釣瓶《つるべ》をいそいそと引き揚げる。

もし今ここに雨妹《ユイメイ》がいるのなら、飛んできて待ちきれずに足踏みすることだろう。その様子を想像してニンマリしながらも、その足音が残念ながら今は聞けないことが、少し寂しい。

思えば雨妹がこの百花宮にやってきたのは、春のまだ寒い頃だったというのに、美娜はもう数年は一緒にいるような気分にさせられる。

「今頃、なにをしているかねぇ？」

美娜はそんな独り言を漏らす。

「どこにいたって、あの娘《こ》は嵐のど真ん中にいるだろうさね」

するとこれに返答があった。

「おや楊《ヤン》さん、雨妹じゃあるまいに、豆花の匂いを嗅《か》ぎつけたのかい？」

楊があまりにいい時に顔を見せたのに、美娜は冗談半分、本気半分でそんなことを口にする。

「そんなわけがあるかい。手紙を持って来たんだよ、ホレ」

楊が差し出してくる紙の束に、美娜は目をパチクリとさせる。

「手紙って、アタシにかい？」

美娜は貧しい里の出で、里の者で読み書きできるのは里長くらいであり、家族も含めて他の里の者は手紙を書くなんていうことはしないだろう。これは別にその里に限った事情ではなく、百花宮に連れられてきた宮女たちは、大半がそういう里から来たことだろうが。

それが都出身宮女になると最初から読み書きができるものだから、その優越感から妙な心得違いをして威張り散らすことになるのだが。読み書きの優越性なんてものは、真面目な宮女が勉強したらあっという間にひっくり返る程度のものである。

かくいう美娜も、台所に残されている料理帳読みたさに、猛勉強をした口である。

まあ、そんな手紙についてのあれこれはともかくとして。

「おや、阿妹《アメイ》からだね」

手紙の差出人は、なんと雨妹であった。

突然太子の臨時の供に抜擢《ばってき》されたとかで、旅立って行った新入り宮女な雨妹だが。まさかその彼女から手紙を貰《もら》うとは。

美娜が宛名《あてな》を見れば、まるでお手本のような綺麗《きれい》な字である。手紙の中を開いてみれば、整列している文字が連なっていて非常に読みやすい。これは文字を習いたてなどではなく、書き慣れた者の手であろう。

——妙に賢いところといい、ホントに謎な娘だよ、阿妹は。

この読み書き技能を百花宮にやってきた最初に楊に伝えていれば、すぐに女官になる道が開けていただろうに。けれど同時に、女官としてお高く留まっている雨妹の姿なんて、想像もできない美娜であるが。

こう言ってはなんだが、雨妹は掃除係をしている姿が、とても似合っていると思うのだ。なにより楽しそうであるし。

「にしても、手紙が分厚いことだねぇ」

「私が受け取った手紙も、似たようなもんさね」

美娜が手紙の分量に感心していると、楊が自分の分の手紙をヒラヒラと振る。なるほど、この量を複数人分書くとは、雨妹にはよほど語りたいことがあったようだ。

「どれ、豆花を食べながら読んでみるかね。楊さんも食べるかい？」

「じゃあ貰おうかね。実はお前さんのことだから、こう暑いとなるときっと豆花を冷やしているだろうと思っていたよ」

「なんだい、ちゃっかりしているね楊さんも」

というわけで、美娜は日陰で井戸水で冷えた豆花を味わいながら、雨妹からの手紙を読んでいく。

雨妹の手紙は、わかりやすい言い回しを多用して書いてあったため、さほど読み書きが得意なわけではない美娜でも苦もなく読めた。

　こういうところが、雨妹の気の良さの表れだろう。これが気位の高い女官が書いたとなれば、わざと小難しい言葉ばかりを使って嫌がらせをしてくるものだ。

　美娜は読み始めてすぐに驚く。

「はぁ、なんだい阿妹は海に行ったのかい！　そりゃあすごい！」

　どうやら雨妹が向かった先は徐州《ジョシュウ》にある港、佳《カイ》であるという。

　海なんて「果たして一生のうちに見ることができるのか？」と美娜あたりは思っているのに。海とはどんな所だろうか？　海の魚は川の魚と違うのか、ぜひとも聞きたいものだ。

　美娜が海に思いを馳《は》せていると、楊が隣で難しい顔をしている。

「太子宮にいる鈴鈴《リンリン》にも手紙があったんで、様子を聞きがてらに私が届けたんだがね。あちらで耳にした話だと、どうやら人助けを乞《こ》われたらしくて、太子殿下だけが帰還して、供の二人が長逗留《ながとうりゅう》になったらしい。その供の内の一人が小妹《シャオメイ》さね」

　楊の話に、美娜は「なんとまぁ」と驚くやら、呆《あき》れるやらである。

「阿妹っていう娘は、海まで行って人助けかい！　せっかく後宮から外へ出られたんだから、せいぜい時間を作って遊べばいいのに。とはいっても、海でどうやって遊ぶかなんてアタシも知らないけど、川遊びみたいなものはできるんだろう？」

　美娜の疑問に、楊は「さてねぇ」と首を捻《ひね》る。

「海の水は妙にベタベタするから、川遊びを真似《まね》るのは難しいかもしれないねぇ」

「そうなのかい？　そりゃあ阿妹も残念だねぇ」

「けど手紙によると、魚三昧《ざんまい》で楽しそうではあるがね」

美娜が雨妹を憐《あわ》れんでいると、楊がそう言って肩を竦《すく》めた。

確かに雨妹であれば珍しい食べ物に興味津々だろうし、他にもなにがしかの楽しみを見つけて走り回っていそうである。

美娜がそんな雨妹の様子を思い浮かべて笑っていると、楊は隣で気遣わしそうな表情をしていた。

「どうしたんだい楊さん、なにか心配事かい？」

「そうじゃあないが。太子殿下の視察先の佳は、潘《パン》公主が降嫁した先の黄《ホアン》家の子息が管理をしているって話だったから、そこを訪ねたのだろうかね」

楊の話に出た名前に、美娜もピンとくる。

「潘公主っていうと、そうか、あの時のお方かい？」

美娜の言葉に、楊が頷《うなず》く。

「そうさ、大騒ぎだった『黄家への嫁選び』だよ。思い返せばあの時は苦労したねぇ。位の高い公主様方がみぃんな海を嫌ってちっとも事が進まないんで、皇帝陛下も頭を悩ませていたって話さ」

「そうだねぇ、なにせウチの台所にも噂《うわさ》が聞こえたもんだしね」

美娜は楊と頷き合う。

黄家とは国内に数多《あまた》ある氏族のなかでも有力な一族で、徐州を治める領主でもある。その黄家となれば、本来ならば降嫁先として結構な御家であるはずだが、公主たちにはその相手である子息が港のある佳の管理者であることが難ありだったようで。海に近いと日焼けや潮風で肌や髪が荒れることを嫌った上、「海の男は乱暴者」という噂を聞いて、皆尻込《しりご》みしてしまったのだ。

そんな中で降嫁を了承したのが、唯一潘公主だけであったのである。

「おっとりとしたお方だったけど、どうなさっておいでなのかねぇ」

太子が直々に訪ねた挙句に、人助けとして人員を乞われたとあっては、どうしてもあの潘公主のことが連想されるのも仕方がないことだろう。

「お元気なのか、やはり海はお辛《つら》かったのか……」

心配する楊に、しかし美娜は「心配し過ぎじゃないかい？」とその肩を叩《たた》く。

「アタシは潘公主が羨《うらや》ましいけどね。海の魚料理を一度でいいから食べてみたいよ」

「お前さん、小妹みたいなことを言っているよ」

そう言って、二人で笑いあった。

第一章　発明家と海賊騒ぎ

「潘《パン》公主をイイ女にして、馬鹿にする連中をギャフンと言わせるぞ！」作戦が決行されることになったのはいいが。

未《いま》だ店内で利民《リミン》と卓を囲んでいる中、雨妹《ユイメイ》は立勇《リーヨン》から尋ねられた。

「雨妹よ、潘公主には今最善の内容を行っているであろう？　これ以上どうしようというのだ」

立勇はその先にやるべきことが、さっぱりわからないらしい。

現在潘公主に施しているのは食事療法と軽い運動療法で、弱り切って体力のない病人の対処としては最善だろう。

だが、身体《からだ》がある程度回復したら、当然リハビリも次の段階にはいることになる。

「今潘公主が身体を動かす指導を、立勇様がしてくださっているでしょう？　それをもっと負荷のかかるものにしようと思います」

この雨妹の言葉に、立勇が表情を険しくする。

「……もしや、兵の訓練をさせるというのではないだろうな？」

立勇がそう言ってギロリと睨《にら》んできた。

運動すなわち兵の訓練というのがこの国の常識のようだ。どうやら前世で言うエクササイズ的な運動というものはないらしい。

雨妹的には剣といえば、女剣士というのも前世での中華モノにはよくある存在であり、おいしいポイントでもあるのだが、今はそれはおいておくとして。

「まさか！　潘公主に剣をふるわせてどうするのですか」

雨妹が首を横に振って否定するのを、しかし立勇は訝《いぶか》しむ様子である。

「それに、あまり潘公主に負担をかけるのはいかがなものか」

あくまで苦言を述べる立勇が、こうまでいい顔をしないことには理由がある。

公主などという高貴な身分の女性は、あくせくとした生活をしていてはいけないものとされているのだ。他人の視線がある時は、常に優雅に寛《くつろ》いでいないといけないそうである。

なんというか、雨妹にはそんな生活は耐えられそうにない気がする。

なので立勇は潘公主への指導を行う際に、屋敷の使用人などの人目の有無に非常に気を遣っていた。そして当然ながら潘公主の立場を慮《おもんぱか》って、あまり辛《つら》いことをさせていなかったりする。

公主という立場の人の日々の行動をよく知っている立勇なので、そこから逆算しての指導なのだろう。雨妹にしてみれば、まだ上手《うま》く歩けない幼児の方がよほど動いているだろうという程度。それでも十分に効果が出ているのだから、潘公主が普段どれだけ運動していないのかわかろうというもの。

――でも、公主の常識をこっちが前のめりで考慮してたら駄目なんだよね。

そんな状況の潘公主にもっと運動してもらうとなると、この「他人の視線が気になる」という問題を解決する必要がある。そして色白の肌が美しいとされるので、長時間の屋外活動は厳禁。

屋敷内にいられずに日がな一日外を散策していた以前の王美人《ワン》のような行為は、あくまで状況が切迫していてのことで、例外中の例外だ。

この色白肌というのも、雨妹はこの海に生きる人々の中で馴染《なじ》むには少々そぐわないと思っていて、考えがあるのだが。

今の状況を考慮した雨妹の提案はというと。

「潘公主には屋内運動……部屋の中で身体を動かす方法を提案します」

「は？　屋内？」

立勇が「なにを言っているんだコイツは」という顔になる。

——まあ、そうなるよね。

この国では身体を動かすのは屋外で、というのが常識である。

というかこの国には体育館のような、運動のための屋内施設というものはない。運動イコール兵の訓練なら、大勢が剣を振り回すだけの広さがいるということになるので、運動のために屋内で自由に動けるようにするならば、それなりの広さがいるわけで。

そんな広い建物を建てるには、莫大《ばくだい》なお金がかかる。そんなことをしなくても、外でやればいいじゃないかということになるのも、まあわかる。

けれど雨妹は、そんな広い場所がなくったって運動ができるということを知っている。

前世では仕事が忙しくて外で運動なんてする暇がなく、たるんだ身体に難儀していた。看護師は忙しく走り回っていると思われがちだが、仕事と運動は別物。仕事で使う筋肉は偏っているものなのだ。

それで結果行きつく先は、テレビショッピングでの健康グッズとなり、様々なものを買い漁《あさ》り、家族からは「これを十分百円で貸せば、良い稼ぎになるよね」と皮肉られる程だった。

――あのほとんどが、押し入れの肥やしになっていたっけ……。

そんな前世の事情は忘れることにして。

「狭い空間で人目に付かず、思いっきり身体を動かす方法があるんです。それにあたって利民様にお尋ねしたいことがあるのですが」

「おう、なんだ？」

話を振られて、利民が気楽な様子で応じるのに、雨妹が告げたことは。

「私が欲しいものの形を指示して作ってもらえるような、職人を知りませんか？」

雨妹の言葉に、利民が動きを止めてしばし思案するような顔になる。

「その口ぶりだと既にあるものじゃなくて、一から作ってほしいのか？」

「そういうことです」

頷く雨妹に、利民が「ふーむ」と唸《うな》る。

「腕のいい職人はいくらか心当たりがあるが、そういうことならアイツだな」

どうやら利民は、良い職人を知っているらしかった。

職人を紹介されたのはいいが。

これから訪ねるには時間が遅いということで、この日は利民の屋敷へ戻ることとなった。

屋敷に戻った雨妹は、早速潘公主を訪ねる。

「港はどうだった？　相変わらず賑《にぎ》やかだったかしら？」

会うなり潘公主から港の様子を尋ねられ、雨妹は「はい」と笑顔で頷く。

「他では見られない海産物を食べられて、とっても幸せです！」

――特にイカ焼きがね！

しかし潘公主にイカ焼きに興味を持たれたところで、これを食べさせるのはどうか？　というくらいの配慮はあるので、そこは黙っておく。なにせイカ焼きは、食べ慣れないと口から下をベッタリ汚すことになるので、潘公主のような高貴な人の着るヒラヒラした服で食べるのには向かない。

だから、立勇には「余計なことを言うなよ」的な目を向けるのを止《や》めてほしい。

「それはよかったわ、あなた方をお屋敷に閉じ込めておくのは、わたくしも本意ではないから」

潘公主が雨妹の言葉を聞いて、嬉《うれ》しそうな顔をする。

それにしても、潘公主の口から海賊騒動への心配事が出ることはない。利民からは「海賊がどうのっていう話は公主サマにはしないでくれ」というようなことを言われたが、本当に知らないのか、知らないフリをしているのか。

――けど、知っていたら「港へ遊びに行け」なんて言わないか。

利民が雨妹たち太子の遣いに隠している話なのに、それが露呈するような行為を妻である潘公主がとっても利はないのだから。潘公主がこの結婚生活に嫌気がさして都へ帰りたがっているのならばともかく、そうではないのは明らかだ。もし帰りたかったら、とっくに実家に手紙を送って訴えているだろう。

けれど、あれだけ佳《カイ》の住人たちが海賊について話しているのだから、屋敷の中の噂話《うわさ》で拾い聞きしそうな気もするが、今のところそうした心配の話は聞かされていないようだ。

もしかすると潘公主たちが屋敷で仲間外れにされていることが、利民にとっては良い方に作用したのかもしれない。

まあ、このあたりの環境は全てが片付いた後に利民にどうにかしてもらうとして。

今は、その話をしに潘公主を訪ねたのではない。

「私、今日港へ出かけ、佳の皆さんを見ていて思ったのです。佳の美人とはどのような方を言うのだろうか？　と」

「佳の、美人ですか？」

雨妹の問いかけに、潘公主は目を瞬かせた。

そう、「潘公主をイイ女にして、馬鹿にする連中をギャフンと言わせる」ためには、まず目指すべき美人の図を明確にしておこうと思ったのだ。でないと、百花宮《ひゃっかきゅう》基準の美人に仕上げると、利民の好みから外れてしまう。

潘公主は、不思議そうに首を傾《かし》げている。

「美人とは、痩《や》せていてスラッとしていて、色白な方だと思いますが。美しい姉上方は、皆そのよ

うな方ばかりですわ」

潘公主の答えに、雨妹は「そういう美人もおりますね」と頷《うなず》く。

「けれどそれは都、それも百花宮での美人像です。どんな方が美人かというのは、所変われば違うもののようですから。私が故郷で旅人から聞いた話ですと、遠い異国では体型がふくよかな方が美人であるそうですよ？」

「まあ⁉　太っている方が美人なんて国があるの⁉」

雨妹の話に、潘公主が驚く。

「はい、なんでもふくよかなことは裕福である証《あかし》で、それも美人の要素の一つなのだそうです。その国は、太るための訓練などもするそうですよ？　まあ、ひたすらに食べるんですけど」

「まぁ……」

雨妹の説明に、潘公主は呆気《あっけ》にとられている。

「他にも胸やお尻《しり》が大きかったり、逆に小さかったりや、足が細いか太いかなど、その条件はお国ならではで、全く揃《そろ》っていないんですよ」

ここまで聞いた潘公主や、お付きの芳《ファン》までもが驚きすぎて言葉にならないようだ。

これで美人への思い込みが崩れただろうから、いよいよ本題である。

「それで言うと、佳には佳の美人の姿があると思うんです。そこでまず思ったのは、ここには皆日焼けをしていて、色白な方はいませんよね？」

「確かにそうね。男の方も女の方も、日焼けしているわ」

雨妹の指摘に、潘公主も頷く。

雨妹と立勇は、都でも外で活動することが多かったためにそこそこ日に焼けている方なのだが、それでも色白に見られるのだ。恐らくは海特有の日差しの強さのせいで、都とは日焼け具合が違うからだろう。

「そんな日焼けした方々の中で一人だけ色白でいると、むしろ具合が悪いのかと心配されるのではないでしょうか？　ですので、日に焼けないことに拘《こだわ》り過ぎるのは良くないかもしれないと考えました」

「……そうかもしれないわね。わたくし、これまで考えたことがなかったわ」

潘公主は目を丸くしながらも、反発はしない。元々日焼けを厭《いと》わないと言っていたこともあったし、ただ日差しを避けることが習慣になっているだけで、色白であることにそこまで執着していないのだろう。

実は、雨妹の中に「佳の美人」の像があったりする。それは、今日利民と偶然遭遇した時に連れていた女と、連れて行かれた先の料理店の女将《おかみ》である。女将の方は店を出る際にちょっと挨拶《あいさつ》している様子が利民と親しげで、彼があの店の常連であることが裏付けられた。

その二人ともが程良い肉付きで、うっすらと日焼けをしていて、それが色気があったりした。恐らくはあれが佳の住人、つまり利民好みの美人なのだろう。

それに比べると、百花宮で流行《はや》っている色白美人というのは、血色が悪くて不健康そうに見えるのだ。これは夜型生活をしているせいでの体調不良が、肌に現れているせいだろうが。

ちなみに散歩を好む王美人は血色が良くて健康的な色白さであり、それも恐らくは皇帝の好みなのであろうと、雨妹は推測している。

そして日焼けというのは、ただ日光に当たればいいというものではない。日焼けは肌荒れと紙一重であるので、あまり酷《ひど》く日焼けをすると肌がガサガサになってしまう。彼女たちは恐らくその日焼け具合を調節して、さらに肌の手入れを欠かしていないのだろう。

潘公主は元々痩せ体型ではないので、佳の住人好みの体型になるのは可能だ。あとはいい感じに日焼けをすればいい。もちろん、肌の手入れのための化粧品も差し入れるつもりだ。

「日焼けも、別に強い日差しの下に長時間いる必要はありません。日差しが弱い早朝に短時間、自室の庭先を散歩する程度で十分なのです」

朝から活動することで身体が朝型になるので、潘公主の夜型生活を変える一助にもなるだろう。それに日光に当たることで骨も強くなるので、健康面でも大事である。日傘をさしていれば、焼け過ぎも防げるはずだ。

「そうね、その程度なら……」

もっと過酷なことを言われるとでも考えていたのか、潘公主がホッとした様子を見せる。

――これで馬鹿にする連中をギャフンと言わせて、さらには利民様をデレデレにさせるんだから！

雨妹の計画は止まらないのであった。

それから翌日。

雨妹は早速、立勇と共に利民が言う「アイツ」を訪ねることとなったわけだが。

「この辺だと思うんですけどねぇ」

雨妹は現在、細い路地をキョロキョロしながら歩いていた。

「治安が悪そうな場所だ、あまり長居はしないからな」

その後ろを、立勇が渋い顔をしながらついてきている。

今雨妹たちがいるのは、佳でも貧しい者たちが住んでいる、いわゆる貧民街の区域であった。

「本当ならば俺がついていって話を通してやりたいが、生憎《あいにく》とやることがあってできない」

利民にはそう詫《わ》びられた。案外律義な男である。

「ところで、その荷物はやはり邪魔ではないか？」

立勇が雨妹が手に提げている荷物を指で指し示す。

雨妹が持っているのは、救急道具である。

「だって、知らない場所でなにが起きるかわかりませんし。転ばぬ先の杖《つえ》ってやつですよ」

なにかが起こってしまってから慌てて屋敷にこの救急道具を取りに行っても、病気や怪我《けが》が酷くて手遅れになってしまうかもしれないではないか。それに持ち歩きがしやすいようにと、こうして小さく纏《まと》めているのだから。

「……まあ、そちらがいいのであれば、問題ないか」

立勇が眉《まゆ》を寄せながら頷く。

そんな話をしながら、多少迷いつつも辿《たど》りついたそこは、一際ボロい家だった。

「……本当にここか？」

「利民様が仰《おつしや》っていた看板がかかっていますし。そうじゃないですかね？」

雨妹は立勇に応じながら、入り口の傾きかけた戸の上を見ると、そこには木の板で「胡《フー》の工作室」とある。

利民の話によると、ここにいるのは胡天《フー・ティエン》という職人だという。

「今いますかね？　もしもーし？」

雨妹が戸を叩《たた》くと、その衝撃で戸がますます傾いてしまい、慌てて直そうとしていると。

「……なんだ、幾ら来ても金なんざねぇぞ」

中からそんな男の声が聞こえてきた。どうやら雨妹たちは借金の取り立てだと思われたようだ。

「私、利民様に紹介されて来たんですけど」

「利民だぁ？」

雨妹の呼びかけに、傾いた戸が開く。

そこにいたのはボサボサ頭にヨレヨレの格好をした、中年男であった。

「あの、あなたが胡さんで合ってますか？」

さすがに雨妹も自信がなくなってきて、確認をする。

「おう、俺《おら》ぁ胡だが。利民がなんだって？」

すると男は頭を掻《か》きながら、胡散臭《うさんくさ》そうな目で雨妹たちを見た。利民を呼び捨てにする様子を見ると、彼と近しい間柄のようだ。

雨妹が屋内の胡の背後を覗《のぞ》き見《み》ると、色々なものがごちゃごちゃに置かれているのがわかる。それらはなにに使われるのか、雨妹にはほとんどが見当のつかないものだった。

利民が言うには、この胡という男はそこそこ有名な職人に師事して働いていたらしいのだが、いつも注文通りに作らずに余計な工程を入れるので、クビになってしまったそうだ。

それでもここで、懲りずに妙なものを作り続けているのだという。そんな男だが話をすると結構面白くて、利民は食い詰めないように援助しているらしいのだが、その金を妙なもの作りにつぎ込んで、いつも貧乏をしているのだそうだ。

——なんていうか、発明家気質なのかな？

前世での知り合いに、似たような人がいた。こういう人たちは熱中すると他が見えなくなるので、誰かが日常生活を維持してやらなければならないものなのだ。

そんなことを考えていると、ごちゃごちゃの屋内のモノたちの中で、雨妹はとあるモノに目を留める。

大きな車輪が一つ、その後ろに小さめの車輪が二つ並んでいて、それに様々な部品がくっついている。全てが木製なのだが。

——これって、自転車？

そう、形はいささか歪《いびつ》ながらも、それは自転車に見えた。いや、正確には三輪車か。

「あの、アレって動くんですか？」

雨妹が指さす先にあるものを見て、胡は「おや？」という顔をする。

「アレか？　試作段階だがちゃんと動く……ってか嬢ちゃん、アレがなんだかわかるのか？」

「ええ、車ですよね？」

「車だと？　あれのどこに人が乗るのだ？」

雨妹の答えに、立勇が横槍《よこやり》を入れる。車を人や馬、牛が牽《ひ》くものしか知らなければ、そう考えるのも無理はない。

その立勇の疑問に、胡がニヤリとした。

「そりゃあ、車輪の上さ」

そう言って示された大きな車輪の上に、確かに木製の小さな箱が簡素に載せられていた。決して椅子ではないそれだと、見るからにお尻が痛そうだ。

「人や馬や牛なんかに牽かせるんじゃなくて、乗り手だけで動く車がないもんかと思ってな。けど残念ながら、俺も含めて乗りこなせた奴《やつ》がいないんだ。ま、不良品だな」

あっさりとそう言ってのける胡に、雨妹は仰天する。

——不良品だなんてとんでもない！

雨妹は自分の目がキラキラ輝いているのがわかる。これこそ、今回の問題にうってつけのものだ。違うものを頼もうとしていたのだが、まさか自転車モドキがあるとは考えてもみなかった。

「はいっ！　私アレに乗りたいです！」

「は？」

「……雨妹よ、なにを言っているんだ？」

勢いよく片手を挙げて告げた雨妹に、胡も立勇も驚いた顔をする。


というわけで。

雨妹は三輪車の試乗のため、場所を移して近くの少し広い道へとやってきた。

周囲から「なんだなんだ」と声が上がるが、胡を見ると「ああ、アイツか」といった声が聞こえてくる。

どうやらこの胡は、変人と思われているようだ。

ともあれ三輪車を走らせてみようと、雨妹は箱に跨《また》がる。

――うーん、安定感がイマイチだなぁ。

これは三輪車というより、一輪車の後ろに余計な車輪がくっついていて、辛うじて後ろに倒れないように支えられている感じだろうか。しかもハンドルのような握り手がないため、体勢を安定させにくい。

――まあ、一輪車も乗れるからいいけどね。

前世での子供の頃に一輪車の大流行があり、友人と競うように乗ったものだ。

そんなことを思い出しつつ、雨妹は安定感の悪い三輪車の踏み板に足の力を込めると、多少ヨロヨロしながらも走らせる。

「おぉ!?　動くじゃねぇか！」

雨妹の走らせる三輪車に、胡が興奮した様子でついてきた。

「ほぅ」

立勇も感心したように眺めている。

一方の雨妹はというと。

――お尻《しり》が、お尻が痛い！

無言で悲鳴を上げていた。

なにせ雨妹が座っているのはただの木箱で、衝撃を吸収するものが一切ない。なので地面がむき出しの道を走ると、その衝撃が直《じか》にお尻に響く。そしてやはり走り辛い。

お尻が限界になり、雨妹は三輪車を止めて降りる。

「すげぇなおめえ！」

興奮した胡が雨妹の背中をバンバンと叩く。

――やめて、今はお尻に響くから！

雨妹はお尻を守るために慌てて胡から離れると、立勇の背後に隠れる。

「動くのはわかったが、しかしこれがなんの役に立つ？　走った方が速いぞ」

雨妹に隠れる壁代わりにされた立勇は、三輪車を見てなおも懐疑的である。

「速度は、これからの改良次第だと思いますけど」

雨妹の意見に、しかし立勇の顔は渋い。

「それでも、馬に敵《かな》うわけもあるまいに」

この言葉に、胡が「わかってねぇなぁ」とぼやく。

「これにゃあ、馬にない利点があるんだぜ？　なにせ馬代や餌代が要らないんだからな」

「はぁ……」

胡の話に、しかし立勇は首を捻《ひね》っている。

――まあ、これで「馬が要らない」って言われてもね。

到底馬と張り合えない完成度なので、ピンと来ないのもわかる。しかし日本の自転車を知っている雨妹としては、この三輪車が大いなる一歩に見えるのだ。

そして、今まさに求めているモノでもあるのだから。

「胡さん、これを使って作ってほしいものがあります！」

「そう言やぁ、利民に言われて来たんだったか。なにを作れってんだ？」

三輪車効果なのか食いつきのいい胡に対し、雨妹はにんまりと笑って詳しい話を始める。

「あのですね、これをこうしてああして……」

「ふぅん、なるほどなぁ。わかるようなわからんような」

その場にしゃがんで地面に指で絵を描きながらの雨妹の説明に、胡は首を傾げつつも、作る約束をしてくれる。

そして雨妹はついでなので、「乗ってみた感想」という形で、この三輪車モドキについての改良点を述べてみた。

「この前輪の上に、持ち手をこんな感じでつけてくれたら、乗りやすいかなと。そして座る所をもう少し後ろにずらしてですね……」

そう話しながら雨妹がさらに地面に描いてみせたのは、まさしく日本の三輪車の図だった。

「なるほど、この持ち手があれば方向を変えるのが簡単になるってわけか」

胡はブツブツ言いながらも、雨妹が描いた図にじっと見入っている。

――うんうん、その調子で頑張って作ってね！

後輪を動かす日本の自転車と違って、これは子供用三輪車のように前輪を動かす作りだ。後輪を動かす自転車を作ろうとすると、チェーン回りを開発しなければならなくなる。けれどそんなものでなくても、今の時点ではこれで十分ではなかろうか。

そして完成した暁には、雨妹も一台欲しいものだ。三輪車があれば後宮内での移動が楽になるのは間違いない。ついでに荷台をつけてもらえれば、掃除道具だって持ち運びが簡単だ。

「これが、そんなにいいものか？」

一人納得できていない立勇だが、軍人でお坊ちゃまな生まれであろう彼なので、庶民よりも馬が身近な人間だ。ゆえにこの新しい技術が、馬に勝ると考えられないのだろう。

そんな約一名を置いてけぼりにして、雨妹と胡が二人で盛り上がっていると。

「……なにやら、騒がしいな」

暇をしていた立勇が、真っ先に異変に気付いた。それを聞いて、雨妹も顔を上げて周りを見る。

「そう言えば、みんな港へ向かってますね？」

港でなにかあったのだろうか？　と雨妹が目を凝らしてそちらを眺めると。

「どうせまた海賊だろう？」

胡がつまらなそうにそう漏らす。どうやら胡にとって海賊とは、もう慣れて退屈するほどの存在であるらしい。

けれど、胡と同じく慣れているであろう人々がやけに慌てているようなのだが。そのことに胡も気付いたのか、「いつにもまして騒がしいか」と呟《つぶや》く。

「おい、なにがあった？」

立勇が港へ向かって走る男を一人捕まえて尋ねると、相手は「お前はなにをグズグズしている!?」と凄《すご》い剣幕で怒鳴りつけた。

「すぐ目の前で商船が狙われて、交戦中だってよ！　港から何隻か応援に出したが、分が悪い！　男はみんな港へ行かにゃならん！」

そう言って港へと駆けていく男を見送る雨妹は、眉《まゆ》をひそめる。

――商船？　交戦中？

突然もたらされた物騒な話に、立勇の表情も引き締まる。そうしている内にも、港から小舟がワラワラと出ていくのが、ここからでも見て取れた。

「目と鼻の先でか、利民の奴も舐《な》められたもんだな」

胡がやれやれという様子で大きく息を吐く。

そう言えば、「親父殿《おやじどの》の頃はよかった」というようなことを、昨日、船乗りたちが漏らしていた気がする。それが港の近くまで海賊に寄ってこられたとなると、利民の立場は危ういのではないだろうか？　となるといよいよ、黄《ホアン》家の誰かが利民様を追い落とそうとしているってことなのかもしれない。

——交戦ってなったら、怪我人が出るかも！

そう思いついてしまったら、雨妹はもうじっとしていられなくなった。

「胡さん、とにかく頼みましたからね！」

雨妹はそう言うと、港へ向かって駆け出す。

「おい、こら雨妹！」

その背中を、立勇が慌てて追いかけてくる。

走っている雨妹の隣に、立勇が並んだ。

「雨妹、何故《なぜ》港へ向かっている？」

立勇に尋ねられ、雨妹はちらりと隣を見上げる。

「港に怪我人がいるかもしれないじゃないですか。だったら、使えるものは猫の手だって欲しいはずです」

走る足を止めずにそう言う雨妹に、立勇がギュッと眉を寄せて難しい顔をしていたが。

「……仕方ない、私から離れないように」

雨妹が引き下がらないと見た立勇が折れた。

というわけで、二人して向かうと、港は騒然としていた。

「船はもうないのか⁉」

「海に落ちている連中がいる、引き揚げないと！」

様々な怒声が響く中、雨妹は背伸びして沖を見る。そこには大きな船が浮かんでいて、その船に中型の船が数隻たかっていた。

「あれが海賊か？　本当にこんな陸の近くにまで……」

「怪我人だ、舟で帰ってきたぞ！」

立勇の呟きに、誰かの叫びが被《かぶ》さる。

聞こえてきたこの言葉で、雨妹は「ハイッ！」と反射的に手を挙げる。

「私手当てが得意です！　怪我人はどこですか⁉」

雨妹が手を挙げて叫ぶと、自然と目の前の人込みが割れる。

「誰だか知らんが助かる、こっちだ！」

そう聞こえてきた声の方に駆け出す雨妹に、立勇が「仕方ない」と零《こぼ》しながらついてくる。

するとそこは手漕《こ》ぎの舟に乗せられ血を流している男数人と、その舟を漕いできた男が、港に揚げられているところだった。

「切り傷だな、浅いようだが血が流れ過ぎているか」

怪我人を見た立勇が隣でそう告げる。となると、早く傷の手当てをして身体を温めなければ危険だ。

「すみませんが、煮炊きに使う水をください。海水ではない水！　あと清潔な布！」

雨妹が周囲にそう叫ぶと、近くの屋台から鍋《なべ》に入った水が届けられる。雨妹はその水に持っていた木綿の布を浸し、傷口を洗っていく。ちなみに木綿布を持ち歩くのは、いつでも髪を纏《まと》めて布マスクをできるようにという、掃除係の癖である。

やがて届けられた布を、雨妹は裂いて包帯状にすると、傷口から心臓に近い場所をギュッと縛る。

「血が止まるまでこうしていて、落ち着ける場所に静かに運んで濡《ぬ》れた服を着替えさせてください！」

「お、おぅ」

雨妹の勢いに、声をかけられた者は戸惑いつつも怪我人を運んでいく。「あの仕切っている都女は誰だ？」という声は聞こえてくるものの、隣の立勇の威圧感のせいで直接言えないようだ。

こうして次々と手当てしていき、舟から降ろされた怪我人を全員捌《さば》ききると。

「おいネェちゃん良い腕してるな！　これから怪我人を助けに行くんで、付き合えや！」

港につけられた、漁に使われているのであろう手漕ぎの舟の上からそう声をかけられた。

「はい！」

「こら、勝手に返事をするな！」

即答した雨妹に、立勇が小言を言いつつも一緒に来る。

というわけで、二人はその舟に乗り込み海へ出ることとなったのだが。

海は、まさに戦場だった。

必死に泳いでる者、ただ浮かぶことしかできない様子の者が、大勢ひしめき合っている。

「元気そうな奴はとりあえず浮かばせておく、まずは沈みそうな奴を引き揚げだ！」

漁師に指示され、立勇が溺《おぼ》れそうになっている者を優先して舟に揚げ、元気そうな者には浮き輪代わりの木切れを投げてやっている。あれにしがみついてもらって、次の舟での助けを待ってもらいたい。幸いなのは、どうやら死人は浮かんでいないことであろう。

立勇が引き揚げの手伝いをしている横で、雨妹は引き揚げられた人の状態確認だ。怪我のある者には手当てをしていると、すぐに舟は一杯になる。

それにしても、今が暑い時期でよかった。これがもし冬の海だったら凍えてしまい、余計に体力が奪われたことだろう。

「港に引き返すぜぇ」

「わかりました！」

舟の主にそう声をかけられ、雨妹は引き揚げた者たちを海に落ちないように並べていく。

こうして戦場から遠ざかる舟の上で、立勇が商船の方を見て言った。

「あれは、海賊ではないいな」

「そうなんですか？」

顔を上げて自分も商船を見る雨妹に、立勇が説明する。

「動きに統率が取れすぎている。あれはもっと訓練された連中だ」

「おっ、利民様と同じことを言うんだな、ニィちゃん」

立勇の言葉に、舟の主がそんなことを言ってくる。

立勇が利民様と同じ意見ということは、海賊の正体が他の黄家の者だという利民の話は、どうやら本当であるようだ。

そうなると、早くお家騒動を収めないことには、海賊騒ぎは消えないわけで。この状態が長く続くほどに、海賊が出る危険な港だと船が離れていくだろう。

――港で暮らす人たちの生活はどうでもいいってか。悪い相手だなぁ。

雨妹が利民と敵対する相手に、全く共感できずに憤慨していると。

「利民様の船だ、戻られたぞ!」

舟の上からそう歓声が上がる。商船の方を見れば、確かに黄家の印の入った大きな船が近付いている。なにか用事があるような話だったが、海賊が出たので急遽《きゅうきょ》戻ったのだろう。

これで事態は早く収まるか、と舟の上の者たちが皆ホッとしていると。

バシャアッ!

突然、雨妹の目の前で水飛沫《みずしぶき》が上がった。

「うひゃっ⁉」

雨妹が驚いていている間に、なんと目の前の舟の縁《へり》にずぶ濡れの男が手をかけていた。

「女がいる、ツイてるぜ!」

そう叫びながらにやける男は、どうやら海賊の連中の一味みたいで、泳いで近付いていたようだ。

「ひえぇ、追いかけてきた⁉」

ようやく助かったと考えていたであろう舟上に救助された人たちが、怯《おび》えてなんとか逃げようと動くので、舟が大きく揺れる。

「うわわ……」

——落ちる、落ちるからじっとして⁉

雨妹が慌てて舟の縁へしがみつくと、その縁を海からにゅっと伸びてきた手が掴《つか》む。

「うひっ⁉」

どうやら海の中にまだ仲間がいたようだ。

「確かに女だ、ちいっと地味顔だが、女には違いない」

——地味だとぅ⁉

雨妹は海賊に言われたことに、反射的にギッ！　と睨《にら》む。地味顔なのは本当のことだが、他人から面と向かって言われれば腹が立つというもの。

ムッとした雨妹の顔の横を、なにかが通り過ぎてその男を海へ突き落とす。

「気安く触れるな、下郎が」

それは立勇の足だった。その手には、刃渡りの短い剣が握られている。

立勇は通常ならばもっと長い剣を持っているのだが、人の多い場所では扱い辛いと、今回こちらを身に着けていた。

「やりやがったな、コイツ！」

海の中にはまだまだ仲間がいたようで、彼らが立勇に一斉に襲いかかってくる。

「ふん、だったらなんだ」

立勇が余裕の笑みを向けて、応戦した。

雨妹たちが乗っているのは漁のための舟、つまりは大きなものではない。そんな足場の少ない舟の上を、立勇はまるで舞うように動く。

漁船に集《たか》ろうとしていた連中は水飛沫を上げて海へ逆戻りし、立勇の刃《やいば》をくらった者からは血が流れているのが見て取れる。

その間、雨妹は自分はもちろん、他の乗っている人たちが舟から落ちないようにするのに必死だ。

今だって、助けた男の一人が舟の上を転がり、踏ん張れずにそのまま海へ落ちようとしているのを、雨妹は慌てて押さえに行く。

「しっかりして！」

「……すまねぇ」

危うく雨妹まで海に引っ張られそうになったが、舟の揺れが味方をして、男を真ん中の方へと転がしてくれた。せっかく助けたのに、また海へ逆戻りなんてことにならずによかったと、雨妹はホッと一息つく。

だがその時、舟の縁を握っていたその手を、濡れた手に掴まれる。見ればまたもや海から伸びた海賊の手だ。

――しつこいなぁ、もう！

しかも海水で濡れているのと汗が混じって、ぬるっとしているその手の感触が気持ち悪い。雨妹がその手を振り払い、足で蹴《け》ろうとした時。

カカッ！

舟の縁に複数の矢が刺さり、その内の一本が雨妹の手を掴んでいた男に命中した。

「うぐぅ！」

男は呻《うめ》きながら、海に再び沈んでいく。

――今の矢って、どこから飛んできたの？

雨妹は不思議に思い、周囲を見渡す。方向からして商船側の戦闘の流れ矢ではなく、陸地側から飛んできたのだと思うのだが。

しかし、この舟と陸だってかなりの距離だ。この距離で、あの男を狙えるなんてあるだろうか？可能だとすれば、かなりの凄腕《すごうで》であることくらい、素人の雨妹にだってわかる。

けれどこの矢を飛ばした相手に助けられたのは確かであるので、雨妹はとりあえず「こっちかな？」と思った方向に感謝を込めて手を振っておく。

雨妹が一人奮闘している間に、立勇の方はというと、粗方終わっていたようで。

「なんだ、強《つえ》ぇぞコイツ⁉」

立勇に海へ落とされた最後の男が、もがきながらそう漏らしている。

「今、港にはろくな戦力がいないんじゃあなかったのかよ⁉」

また、海に浮かんでいる別の男がそう喚《わめ》く。

――うん？

なんだか連中が聞き捨てならないことを言っている気がする。

もしや利民が港を離れることを知っていたのか。そうならば、その情報は一体どこから聞いたものなのか？　港の関係者に海賊に通じている者がいるということなのか？

　雨妹がそんな疑問を抱きつつ立勇をちらりと見れば、あちらも厳しい視線を海に突き落とした賊たちへ向けている。

「余裕があれば捕らえたいが……」

　立勇がそう呟《つぶや》きながら、舟を見る。引き揚げた人たちで満員なので、残念ながら賊を確保する隙間はない。

「まあいい、目的は救助だ。多くを望むべきではないな。これから荒れるぞ、早く港へ戻った方がいい」

「おぉ、そうだな」

　立勇はすぐに意識を切り替えて、舟の主にこの海域から早急に脱出するように伝え、自らも舟の櫂《かい》を手に取る。

　こうして舟が港に向かっている中、雨妹が商船の方を見ると、海賊の船は利民の船を見たとたんに退却を始めている。

　ずいぶんあっさりと逃げる海賊たちの様子に首を傾げつつ、雨妹は自身に起きた異変を察知する。

「……酔った」

「あれだけ揺れれば、そうだろうな」

　青い顔をする雨妹に、立勇が冷静に告げた。

こうして怪我人と船酔いの雨妹を乗せた舟は、無事港へ到着した。

――うぅ、世界がぐるぐる回ってるぅ……。

怪我人と一緒に引き揚げられた雨妹が、ぐったりとしていると。

「飲め、船酔いにいいらしいぞ」

誰かと会話をしていた立勇が、そう言って飲み物の入った器を差し出してきた。

「どうも、ありがとうございますぅ……」

雨妹はヨロヨロとその器を受け取る。生姜湯《しょうが》に蜂蜜《はちみつ》を混ぜたもののようで、その香りでちょっと気分がよくなった気がする。そしてチビチビと舐《な》めるように飲むと、生姜のすっきりとした風味がムカムカを流し、さらに蜂蜜の甘味が雨妹に元気を注入してくれる。

「美味《おい》しいぃ」

弱った身体に甘味が嬉《うれ》しい。ちょっと涙ぐみながら生姜湯を飲む雨妹に、立勇がホッとした顔をする。

「それが飲めるなら、大丈夫だな。自分が揺れに強い質《たち》だから、あまり気分がわからなくてな」

立勇が困ったように話すのに、雨妹はそういう人っているなと納得する。揺れに強かったり弱かったりは、体質なので仕方がないだろう。

「私だって、船に酔う質だって初めて知りました。都までのロバ車の旅では、どんなに揺れてもなんともなかったんですけどねぇ」

雨妹は実は、前世でも船と縁がなかった。移動はもっぱら電車か飛行機で、これらの乗り物では酔わなかったのだ。船の揺れはそれらとはまた別次元だと、初めて知ったのだった。

「車と船は、揺れ方が違うからな。私も川の舟しか乗ったことがなかったが、存外揺れるので驚いた」

驚いたが酔わなかったのだから、立勇は相当に三半規管が強いのだろう。近衛《このえ》は馬に乗るが、あれこそ激しく揺れる乗り物だ。乗馬で揺れに強くなったのかもしれない。

生姜湯をチビチビ飲んでいる雨妹に、立勇が「そう言えば」と告げる。

「舟の上で、手を振っていただろう」

「よく見てましたね、あの状況で」

立勇があの時こっちを見ていたことに、雨妹は感心半分呆《あき》れ半分であった。視野が広いというか、戦場慣れしているとはこういうことかもしれない。改めて、目の前の男のすごさを見せつけられた気がする。

そんな雨妹とて、前世で看護師仲間に「後ろどころか全身に目がついてるでしょう⁉」と言わしめた地獄耳ならぬ地獄目の持ち主であったのだが。

それはさておき。

「矢を飛ばした人に、お礼をしていたんです。たぶん、助けてくれたと思うので」

雨妹が説明するのに、立勇が眉《まゆ》をひそめる。

「矢？　陸から飛んできたのか？」

「はい、方向からして、そうだと思います」

この疑問に雨妹が頷《うなず》くと、立勇は思案するような顔をした。

——立勇様、心当たりがあるのかな？

太子が潜ませている人員が、まだまだそこいらにいるのかもしれない。

けれどなにはともあれ、話している間にも酔いから復活した雨妹は、すぐに怪我人の手当てに取り掛かる。

すると、「利民様が戻られたぞ！」という声が港に響いた。

——戻るのが早くない？

雨妹が首を捻《ひね》りつつ海の方を見ると、襲われた商船と利民の船が港に接岸しようとしている。隣で立勇が同じように、目を凝らして二隻の船を眺めていた。

「遠目だが、商船自体には被害がないようだな」

立勇がそんな感想を言う。

「そう言えばそうですね、特に壊れているようには見えません」

海賊被害というと、船も乗組員も大打撃を受けるような印象だったのだが。そう不思議に思っていると。

「そりゃあ、当たり前さぁ」

近くにいた漁師らしき男が、そう口を挟んだ。

「当たり前なんですか？」

疑問を口にする雨妹に、「そうさぁ」と男が告げる。

「あの連中は、港を使う船に嫌がらせをするのが目的なんだからよぉ」

「ほう、嫌がらせか」

立勇がこの話に、眉をひそめる。

そんな話をしているのもつかの間で、雨妹はすぐに商船から降ろされる怪我人に埋もれることとなった。

大きな船なので、当然乗っている人も大勢いる。なので怪我人の数も多く、彼らを一人一人丁寧に診《み》ていては手間がかかるし、重傷者が後回しになる危険がある。

そのため雨妹の提案で、まずは軽傷者と重傷者に分けていくことにした。これは前世の救急外来でよくやっていた手法である。

そして重傷者は、臨時の診療所のようになっている飯屋に集められ、雨妹はそこで手当てに当たることとなった。立勇も兵の訓練で多少の手当ての心得があるので、手伝ってくれるという。

しかし、すぐに問題が起きた。

「医者はいねぇのか⁉」

そんな怒声が飯屋の中に響く。

雨妹が何事かとそちらを見れば、背中の傷口がパックリと裂けている患者を、懸命に励ましている人が叫んだようだ。そして確かに、この場にはまだ医者が到着していない。

「お医者様はまだなのですか？」

「それが……」

雨妹が近くにいた人に聞いたところによると、どうやら佳に住まう医者がちょうど留守であるようで、ああした大怪我を手当てできる人材がいないらしいのだ。

——もしかしてこれも、仕掛けた相手の作戦の内とかかも？

利民が出ていたことといい、巡り合わせが悪すぎるだろう。

とにかく、医者がいないのであれば、他の誰かが彼らの手当てをしなければならない。

というわけで。

「私がやります！」

雨妹はそう名乗りを上げた。

「なんだ、あの都人は？」

「おいおい、なにをする気だぁ？」

そんな会話でざわつく中、雨妹は構わずざっと患者を見渡す。最も傷が大きいのは、どうやら先程声を上げた付き添いがいる患者のようだと察して、そちらに早足で近寄ると、傍《そば》に膝《ひざ》をつく。

「では、これから傷口を縫いますね。海水ではない水と、綺麗《きれい》な布をください！」

雨妹は周囲で見守る人にそう叫んで、持っていた荷物を床に置く。

そう、あの救急道具である。実は舟に乗り込んだ際も持っていた。海水に濡《ぬ》れることもなく海賊の襲撃を共に乗り切った戦友と呼べるかもしれない。

——持ち歩いててよかった、救急道具！

そしてまさか、陳《チエン》が持たせた糸と針を実際に使うことになろうとは、さすがの雨妹でも思わなかった。

雨妹が針に糸を通していると、背後から立勇が袖《そで》を引いた。

「おい雨妹、本気か？」

不安そうに小声で囁《ささや》きかける立勇に、雨妹は力強く頷いて小声で答える。

「大丈夫です、想像での訓練では上手《うま》くいってますので」

「想像の訓練、恐ろしい響きに聞こえるぞ」

さらに不安そうになった立勇だったが、戦場では医者でもなんでもない素人が傷口を縫い合わせることもあると、陳から聞いている。それを前世看護師、今世掃除係である雨妹が行うのと、未経験という点においてどんな違いがあるというのか？

それに雨妹は、縫合の前準備ならば前世でも慣れたものだ。すぐに運ばれてきた水と布を傍らに置くと、まずは患者に鎮痛剤を飲ませ、傷口の異物の除去と洗浄を行う。

あとは、糸と針で縫っていくだけだ。

雨妹は周囲の声を聞かないようにして、「今は裁縫をしているんだ」と自身に言い聞かせながら、糸を通した針を動かしていく。

立勇が、ここまで来ると手助けするしかないと思ったのか、雨妹が縫いやすいようにと、患者を押さえて動かないようにしてくれている。

——私、お裁縫は得意なんだから！

やがて傷を全て塞《ふさ》いで、糸を切る。

「……よし、できました。傷口には清潔な布を当てて、さらしで押さえておいてくださいね。次！」

雨妹はすぐにその場から立ち上がり、次に傷が酷い患者の下へ向かう。

そんな雨妹の姿を見て、周囲から感嘆の声が上がる。

「すげぇ、ありゃあ、いつもの医者よりも手際がいいんじゃねぇか？」

「都人でも、きっとえれぇ奴なんだろうなぁ」

――残念、本当は下っ端掃除係なんです！

この囁きにそう言ってやりたくなった雨妹だが、ここでそれを暴露したら暴動が起きるかもしれないので、黙っておくのが吉だろう。

最初に見た患者の傷が一番酷く、それ以外の患者も重傷ではあるものの、縫うような傷であるのは二人程であった。

こうして雨妹が患者を粗方診終わった時。

「ここか、怪我の酷い連中が集められているのは」

利民の声が聞こえたのでそちらを見れば、飯屋の入り口でここの女将らしき人に話しかけているところだった。

「場所を使わせてもらって、すまねぇな女将」

「いいんですよ、困った時はお互い様ですから」

軽く頭を下げる利民に、女将が笑って応じている。

「で、漁師連中がここに怪我人を手際よく手当てする、女と男の二人連れがいるって言ってたんだが」

利民の質問に、女将が「ああ！」と頷く。

「あの娘《こ》たちですね」

そう話す女将が雨妹と立勇の方を視線で示し、こちらを見た利民が「はぁ」と軽く息を吐く。

「そうじゃないかと思ったぜ。都からの客人のくせに、奇特な奴らだ」

「おやまぁ、あのお二人は利民様のところの御客人だったんですか？」

女将が目を丸くしていて、そんなことを言われた雨妹は、立勇と顔を見合わせる。

「立勇様、私たちってどうも都人らしくないみたいですね」

「私たちというか、主にお前だな」

雨妹がヒソッと言うと、立勇がそう言い返す。まあそれは、そもそも都人ではなく辺境人なので当然なのだが。

そんなことを言い合っていると、利民がこちらに近寄ってきた。

「まずは礼を言わせてくれ、手助けを感謝する」

そしてそう告げてくる。

「今回は幸いにも死人が出ていないし、手当てが早く軽傷で済んだ奴も多いと聞いた」

利民がそう言って頭を下げる。

黄家の若様であるのに、佳の住民の前で悪感情のある都人に対して頭を下げることに躊躇《ため》らいがない利民は、きっと良い統治者なのだろうと思う。これが他の者であれば、面子《メンツ》を気にして逆に難癖をつける場面かもしれないのに。

「いいえ、本日私が偶然街の方にいたので、駆け付けることができたのです。佳のみなさんの助けになったのであれば、なによりです」

雨妹は利民にニコリと笑いかける。

「それにしても、利民殿は今が踏ん張りどころでしょう。今回の襲撃には、色々と偶然が重なっていたようですから」

続いての立勇の指摘に、利民が険しい顔で頷いていた。


それから数日が過ぎた。

今日は、再び胡の下を訪れる日である。

「どんなのができてますかねぇ？」

立勇をお供にした雨妹はワクワク顔で、胡の家に向かっていた。

「どんなもんなのか、いまいちわからん」

その後ろでそう言って首を捻っているのは、利民である。

どうやら雨妹がなにを注文したのか気になって仕方がないようで、自ら見に来たのだ。黄家の若様という身分なのに、腰の軽いことである。

「おぉーい、胡さぁん」

雨妹が相変わらずボロい家に向かって呼びかけると、中から「おう」と返事があった。そして戸を開けて出てきた胡は、前回と変わらずボサボサのヨレヨレながらも、ちょっと得意げな顔をしている。

「注文の品、できてるぜ」

胡がそう言って指さした先にあるのは、車輪が一つだけついていて、あとはそれを動かしても前には進まないように固定する台があるだけのものだった。持ち手が身体を支えるようについていて、座る部分はむき出しの箱ではなくて綿が詰められてる革張りの座席となっている。

——うんうん、だいぶ近いんじゃないの⁉

雨妹が胡に頼んだものとは、ずばりフィットネスバイクであった。

「なんだぁ、こいつぁ？」

初めて見るものを前にして目を丸くする利民に、胡が告げる。

「そっちの嬢ちゃんからの注文の品だぜ、元になっているのはこれだな」

胡がそう説明しながら、奥からもう一つの品を前に出す。

「おおぉっ⁉」

「どうだ、ちゃんと問題点は改良してあるぜ」

目を輝かせて食いつく雨妹に、胡は「ふふん」と鼻を鳴らしながら話す。

そこにあるのは、以前よりも完成度が上がっている三輪車だった。もはやモドキではない。

そして、後輪部分の上に籠《かご》がつけられている。

「籠をつけたんですね」

「おう、もうちぃっと安定感が欲しくてな。重さを足そうと思ったんだよ」

――うんうん、日本の三輪ママチャリに近くなったよ！

三輪車に頬擦りせんばかりの雨妹に、立勇は渋い顔をしている。恐らく変な奴だと思われているのであろうが、それもこの三輪車の便利さを思い知ったら認識がひっくり返るに違いない。

「しっかしよぉ、こっちの動かない車なんざなんに使うんだ？」

胡は自分で作りながらもフィットネスバイクの用途がわからないらしく、首を傾げている。

「ふっふっふ。それはズバリ、身体を動かすための物なんです！　立勇様、試しに漕《こ》いでみてくれませんか？」

「……まあいいだろう」

指名された立勇は、眉《まゆ》を寄せながらも頷《うなず》くと、フィットネスバイクに跨《また》る。動かないように固定されているため、立勇でも問題なく乗れた。

そして踏み板を恐々《こわごわ》といった様子で踏み込み、漕ぎ始める。

「言われた通り、車輪が回るのを重くしておいたぜ」

「そのようですね」

どのような仕組みなのか雨妹にはわからないが、ブレーキみたいに摩擦で止めるようなものを仕込んであるのかもしれない。立勇が結構真剣な表情で漕いでいるみたいなので、これだと潘公主には重すぎるか。

しばらく漕いでいた立勇が、足を止めてフィットネスバイクから降りてきた。

「……疲れるな、それに身体のあまり使わない所が動いていた」

「結構全身を動かしたでしょう?」

立勇の感想に、雨妹は尋ねる。

「まあ、そうだな」

立勇はそう述べると、懐から出した手巾《しゅきん》で額の汗を拭《ぬぐ》っている。

自転車を漕ぐという動作は、足だけを使って行うものではない。足で踏み板を漕ぐにしても、筋肉は繋《つな》がっているのだから、無意識であっても全身の筋肉が動いているのだ。

「どうですか? これは屋内に置いても場所をとりませんし、他人の目を気にする必要もないでしょう?」

「……なるほど」

前回は懐疑的だった立勇だが、実際に自分でやってみて文句のつけようがないみたいだ。

「へぇ、面白《おもしれ》ぇモンを作ったたな」

利民はというと、興味津々でフィットネスバイクを眺めている。「自分でも漕いでみたい」と顔に書いてある彼に、雨妹が話す。

「ちなみに、こっちの一人用の車ですけど。街中での移動に便利だと思いませんか?」

雨妹の営業トークのような話し方に、胡も付け加える。

「以前よりも安定感を増しているから、走らせやすいはずだぜ。なにせ俺でも動かせたからな」

「そりゃあ、乗ってみないとなんとも言えんな」

というわけで、この胡の話を確かめるべく利民が試乗すると言い出した。

そして前回と同じ場所に移動すると、黄家の若様がいるとあって、周囲が「なんだなんだ」と人だかりを作る。その中で、利民は三輪車に跨る。

そして最初はゆっくりと、やがて勢いをつけて走らせた。そのまま持ち手をうまく動かして、ぐるっと回って雨妹たちの下へ戻ってくる。

三輪車なので踏み板を止めれば車輪は動きを止めるのだが、子供用三輪車と違って速度が出るので、安全のためにブレーキが必要かもしれない。これは後で胡に相談するとして。

「こりゃいい！　爽快《そうかい》だな！」

利民は三輪車の乗り心地を気に入ったようで、まるで子供のようにはしゃいでいた。

「なんか面白そうだな」

「車みたいなものか？」

周囲には人だかりが増えていて、三輪車に群がってくる。その中で、利民が思案げに告げる。

「佳は道が狭い場所が多いんで、馬が入らない所が結構あるんだ。けどこれなら行けるんじゃないか？」

「重たい物を持っての移動が、これを使うと楽になるでしょうね」

この意見に、雨妹がそう付け加える。

「短距離の、馬を使うまでもないが少々遠いといった移動には、適しているかもな」

立勇までそんなことを言う。馬を動かすのは経費を使うので、もしかすると多少の距離だと馬を使う許可が下りないのかもしれない。

ともあれ試乗の結果、利民はこの三輪車を自分用に注文した。今試乗した三輪車は利民にはちょっと小さいため、乗りやすい大きさのものを作ってもらうようだ。

――太子殿下も、欲しがるかなぁ？

太子は案外新しいもの好きなところがあるので、お土産にすると喜ぶかもしれない。


雨妹たちは胡の家から屋敷へと戻る。

利民は仕事があるらしく、港へと向かった。

雨妹はあらかじめ利民に相談して決めておいた部屋に、持ち帰ったフィットネスバイクを設置する。元の製品を説明するために、屋外の見える場所に三輪車も置いておく。

「潘公主、ちょっとよろしいですか？」

雨妹は部屋でお茶を飲んでいた潘公主に声をかけた。

ちなみに、朝の散歩が日課に追加された潘公主は、体調も良くなってきている。やはり朝から散歩することで、良い効果が出ているらしく、表情が次第に明るくなっていくのが見て取れた。

朝の散歩によって体内時計が活動時間と合ってきて、自律神経も整う。もしかして潘公主の自己肯定感の低さは、こうした生活習慣による精神の不安定さのせいもあったのかもしれない。

潘公主の体調がまた一段と良くなったところで、新たな運動法のお目見えというわけだ。

「効果的に運動をするために、とあるものを作ってもらいました。利民様が職人を紹介してくださったのです」

雨妹は運動室となった部屋へと導きながら、そう説明する。

「まあ、利民様が？」

利民が手を貸したと聞いて、潘公主がほんのりと笑顔になる。手を貸すとはすなわち、利民が己に興味を示しているということなので、それが嬉《うれ》しいのだろう。

――うんうん、人間関係ってこういう些細《ささい》なことの積み重ねだよね！

利民は自分がした行為を潘公主にわざわざ知らせることを、「恩着せがましい」と考えているのかもしれない。しかしそれも加減の問題で、言い過ぎるといやらしいが、全くなにも言わないのも不安を煽《あお》るのだ。

それから運動室へと入り、フィットネスバイクを見て不思議そうにする潘公主に、使い方を説明し、元となった三輪車も見せたのだが。

「まあ、まあ、珍しいですわね！　自分で動かす車ですの？　誰かに牽《ひ》かせることなく？」

潘公主が存外、三輪車の方に食いついた。

――もしかして、新しいもの好きな性格なのかも？

だがこの他国からの品が流れ込む港町では、知らないものに拒否感が強いよりその方が生きやすい気がする。

三輪車が走るところを見たがる潘公主に、雨妹は実演してみせる。

「まあ、まあ、まあ！　わたくしにも動かせるのかしらっ⁉」

「……訓練すれば、可能かと思われます」

若干前のめりで子供のようにはしゃぐ潘公主に、立勇が答えている。その様子に、雨妹はホッとする。

――よし、掴《つか》みはオッケー！

どうやら立勇よりも頭が柔らかいらしい潘公主に、続いてフィットネスバイクを勧める。

ゆっくりとした速度だがグルグルと踏み板を漕ぐ潘公主を、お付きの芳も真剣な表情で見守る。

「これはいいわ！」

明るい顔の潘公主に、お付きの者も頷く。

「ええ、こちらですと人目に付かず、要らぬ噂を流されずに済みますね」

――やっぱり、変なことを言われるのは避けられないもんね。

本人がどれだけ前向きにやる気を出しても、周囲の視線というものはそう簡単には変わらない。それを考えると、どうしても人目を避けたくなる気持ちはわかる。

それに、ビフォーアフターは隠れてやるからこそ、周囲により大きな驚きを与えるものでもある。

というわけで、潘公主にはしばらくこれで体力をつけてもらうことにした。

第二章　日焼けと美肌

潘《パン》公主がフィットネスバイク運動と朝の散歩を始めて、数日経《た》ったその周辺は静かなものであった。

というより、ほとんどの使用人が潘公主がどう過ごしているのかなど知らないだろう。それは情報を秘匿しているせいであったりする。

どうしてそのようにしているかというと、潘公主の頑張りに要らぬ水を差されないためと、後でアッと驚かせるためだ。

現在の潘公主の身の周りには極力お付きの芳《ファン》や雨妹《ユイメイ》たち以外を寄せ付けず、潘公主が暮らす区域にも立ち入りを禁じ、どうしても必要な際には衝立《ついたて》越しに姿を隠して用事を済ませていた。おかげで口さがない連中は、「潘公主は人に会えない程に見た目が酷《ひど》くなってしまったのだ」と内外で話しまくっていたりする。

今も、道具を片付けに道具置き場へ行っている雨妹を見て、ひそひそと話しているのが目の端に映る。

ちなみに今抱えているのは掃除道具で、というのも使用人たちの嫌がらせで雨妹の部屋が掃除されていないからだ。けれど、雨妹は元々掃除係であるので、なんの苦もない。つまり、雨妹には全く意味のない嫌がらせである。むしろ朝から掃除をすることで身体《からだ》を適度に動かせて、気分がスッキリするのでありがたくすらある。

ちなみにこうして雨妹が掃除をしている間、立勇《リーヨン》は剣を振ったりして体力作りの時間である。

——わかりやすい敵さんだなぁ。

どうやら夜逃げした副料理長のことをあまり教訓として生かせていない人が多いようだ。あの件は副料理長がしくじっただけで、自分は上手《うま》くやっているとでも思っているのだろうか？

けれど、彼らをどうにかするのは利民《リミン》の役目なので、雨妹はそういうのをまるっと無視して、掃除道具を仕舞って部屋へ戻ろうとしていると、井戸端に潘公主のお付きの、芳の姿が見えた。

「芳さん、おはようございます！」

雨妹が挨拶《あいさつ》の声をかける。

ちなみに、雨妹の本来の身分であれば「芳様」と呼ぶべきところだが、「雨妹さんは太子殿下の御遣いである方ですから」と言われ、気軽な呼び方に落ち着いたのだ。

雨妹から呼びかけられた芳が、ビクッとしたのがわかる。

——あれ、もしかしてなにかの作業を邪魔しちゃった？

心配になった雨妹は、芳に近寄ってその手元を覗《のぞ》き見《み》る。すると目に飛び込んできたのは少々赤らんでまだら模様になっている腕と、困ったような顔の芳であった。

「え、ちょっ、なにしているんですか⁉」

明らかに日焼けで傷んだ肌をこすっている様子に、雨妹は慌ててその腕を取って行為を中断させる。
「あの、肌を綺麗《きれい》にしていたんです。こうすると白く戻るから……」
なんてことない風にそう言う芳であるが。
――いやいやいや！
日焼けした後で薄皮が剥《む》けるのは自然なことなのだが、それを強引に剥《は》がすのはダメだろう。
「この剥がれ落ちる古い肌は、新しい肌を守っているのです。無理に剥がすと新しい肌が未熟なま
ま、日差しに晒《さら》されることになりますよ？」
「……そうなんですか？」
雨妹の指摘に、芳はきょとんとした顔になる。
――あれ、本当に日焼けに慣れていないっぽい？
都に住まう人であっても、日焼けをしないことはないのだが。芳は潘公主同様、かなりの箱入り
状態で育った人なのだろうか？　本人の後宮入りか、もしくは高貴な女性のお付きとして同行する
ことを想定して育てられるというのは、まああるらしい。
ここのところ、日差しの強さが増してきていて、暑さも盛りといった様子であるので、芳はその
日差しにやられたのかもしれない。
けれど、潘公主はもちろんのこと、芳にだって雨妹お手製基礎化粧品一式を渡しているし、作り
方も伝えてある。それで全身の肌の手入れをしていれば、これほどまで酷くはならないと思うのだ
が。事実、潘公主の方はこのようにはなっていない。

芳はお付きとしてウロウロする分、日差しに晒される時間がより多いのもあるだろうが、それは雨妹とて同じこと。けれど雨妹も潘公主や芳と同じ基礎化粧品での手入れしかしていないが、ここまで酷く焼けてはいない。まあそれも、辺境育ちの逞《たくま》しい肌と一緒にしてはいけないのだろうが、もしかすると芳は肌が弱いのだろうか？

「芳さん、きちんと肌のお手入れをしていますか？　ちょっと肌が乾燥してますかね？　乾燥した肌は日焼けを酷くしますから」

「そうなんですか？」

芳が自身の肌をマジマジと見ている。

もしや化粧品とは高価なものだと思っていた時からの習慣のせいで、たっぷりと使えていないのだろうか？　その習慣を、頑張って改めてほしい。

そして高価な化粧品に遠慮するとなると、芳は家柄が高貴でも財力がある方ではないのかもしれない。血筋の尊さと財力は、別問題であるからして。

それはともかくとして、ここはきちんと説明しておく。

「肌を乾燥させないためにも、身体を拭《ふ》いたり沐浴《もくよく》をした後は、きちんと肌のお手入れをしてください。そして、剥けてきた肌は自然と剥がれるに任せるんです」

「そうなんですか……」

驚いている芳が、さっきから「そうなんですか」しか言っていない。

加えて気になるのが、芳が肘《ひじ》上まで袖《そで》を捲《まく》り上《あ》げていることだ。元々この日差しに慣れていて耐性のあるであろう佳《カイ》の住人ならばともかく、日焼けに慣れていない芳のような人であれば、肌が弱くなくても衣服で日差しを遮るのは大事である。

「日差しが強い時には、できれば外でそのように腕まくりをしたりするのは、止《や》めておいた方がいいです」

雨妹の指摘に、しかし芳がまたもや困った顔をする。

「ですが、暑くて……」

そう告げる芳は、都から持ち込んだのであろう衣服を着ている。

恐らくは佳の気候などを考慮せずに揃《そろ》えたのであろうその意匠や素材は、佳の服に比べると明らかに通気性が悪くて、ここの暑さには向いていないのがわかる。

一方で、潘公主は現在、利民から贈られた衣服を着ている。利民はどうやら芳の分の服までは用意していなかったらしい。あまり贈り物を与え過ぎるのも、公主としての矜持《きょうじ》を傷付けると気遣ったのかもしれない。

それなら、屋敷に商人を呼んで服を買えばいいのだろうが、もしかして商人を呼ぼうとしても、呼んでもらえていないのかもしれない。

——商人を呼ぶのに、芳さんが直接商人に渡りをつけるのではないだろうし。

そして芳が箱入り育ちであれば、休みの日に一人で街へ出て自力で服を買うのも困難だろう。恐らくは後宮の上級女官たちのように、芳は都でも自力の買い物なんてしたことがなかったはずだ。

またもやここで立ちはだかるのは、この屋敷の使用人らしい。

この芳の服のことは、利民に相談するとして。

芳はこれからずっと潘公主のお付きとしてここで暮らしていくのだから、この日焼け問題は雨妹がいる間に解決してあげたい。

「ようし、芳さんがここで快適に夏を過ごせるように、私、考えますね！」

「え……？」

握りこぶしを作って意気込む雨妹に、芳が戸惑った顔をする。

「雨妹さんは、玉《ユウ》様のために残られたのに、私などに時間を割かせるのは……」

遠慮する風である芳に、雨妹は「なにを言うのですか！」とその両肩を掴む。

「芳さんは潘公主の大事な付き人で、芳さんがいないと潘公主がお困りになるでしょう？　芳さんを助けることは潘公主を助けることに繋《つな》がりますので、立派な私の仕事です！」

「雨妹さん……」

雨妹が断言すると、芳の表情が和らぐ。

芳とて本当は、日焼けが辛《つら》かったに違いない。雨妹としてはもっと早く相談してくれればよかったのにと思うが、芳にとっては「御遣い」という立場の相手に、気軽に言えることではなかったのだろう。

けど、これは十分に大問題である。

——美容は特にお年頃の娘さんにとって、一大事だもんね！

そして雨妹には、これについてはとあるアテがあったりする。

そんなわけで。

芳に潘公主を伺う予定の変更を告げて別れた雨妹は、その足ですぐに立勇を訪ねた。

「あの、ちょっと街の外へ行きたいのですが」

藪《やぶ》から棒にそんなことを告げる雨妹に、鍛練を終えて汗を拭《ぬぐ》っていた手を止める。

そう、雨妹だけちょっと行ってパパッと済ますということができないのが、身分があるということの欠点だろう。

――やっぱり、掃除係が気楽でいよねぇ。

そんなことを思う雨妹の一方で、立勇が眉《まゆ》をひそめている。

「それはまた、何用でだ？」

唐突な話であるので、戸惑うのも無理はない立勇に、雨妹は胸を張って言う。

「ええ、人助けのために、ちょっと掘りに行こうと思いまして」

「人助けは、まあいいが。掘る？　なにをだ？」

立勇の当然の疑問に、雨妹はただ「植物です！」とだけ答える。

――たぶん、実物を見ないと説明だけじゃあわからないと思うんだよね。

下手に情報を与えたら、反対されるかもしれないので、ここは沈黙が吉だろう。

「予定変更は、芳さんを通じて潘公主にもう連絡済みですから」

「……ならよいが」

こうして、雨妹たちは屋敷から小さな荷馬車を拝借して、街の外へと向かうのだった。

道中の荷馬車で、雨妹が思い立った原因について話をする。

「……というわけなんですよ」

「なるほど、そうだったか」

これを聞いた立勇は、さして驚いた風ではない。

「公主付きであれば家柄も良い娘のはず、外での作業なんぞしたことがなかったのだろうな」

納得顔の立勇に対して、雨妹は眉をへにょりとさせた。

「私、なまじ自分が丈夫なもんだから、そういう可能性にうっかり気付かなかったんですよね」

「確かに、お前は人並み外れて頑丈そうだ」

これに、立勇がうんうんと頷《うなず》く。「人並外れて」というのは言い返したいが、頑丈故に人よりも鈍いことは否めない。

「で？　その日焼けをどうしようというのだ？」

「日焼けって要は火傷《やけど》ですから、火傷を早く治す軟膏《なんこう》を作ろうかと思いまして」

立勇の疑問に、雨妹は笑顔で答える。

しかし、立勇はなおも疑問顔だ。

「……そんなものがあるのか？　こんななにもない道端に？」

そう、今雨妹たちが移動しているのは、佳に続く道である。佳から少し離れた辺りが、雨妹の目指す場所だ。

「あった！　止まってください！」

雨妹がそう叫ぶと、立勇が言われた通り荷馬車を止めたものの、戸惑い顔で周囲を見渡していた。

「目的の場所はここか？　なにもないぞ？」

そう言って首を捻《ひね》る立勇に、雨妹は自信満々に告げる。

「いえ、あるじゃないですか、立派な草が」

雨妹に指し示された地面に生い茂っている雑草に、立勇がさらに戸惑いを深くしたのがわかった。

雨妹が欲しいのは、正確に言うと草ではない。

柔らかい草が茂る中に、遠目だと同じ緑色で埋もれて見えるものの、近くだと明らかに異質な植物が交じっているのがわかる。

「これこれ～♪」

雨妹はその異質な植物を、これまた屋敷で借りてきた鋤《すき》で掘り起こしていく。

やがて草の中から露《あら》わになったそれは、肉厚な葉に棘《とげ》がついた、かなり大きいものだった。

そう、雨妹が草の中から手に入れたモノは、前世でも鉢植えに植えて育てていたアロエである。

「またお前、イカに続いて不気味なものを……」

立勇がしかめ面をしているが、確かにコレを見慣れていないと不気味に思えるかもしれない。

雨妹は大きく育っているアロエを「よいしょっ」と抱えて、立勇に掲げて見せる。

「これはアロエ——蘆薈《ろかい》とも言いまして、肌に塗って良し、食べて良し、飲んで良しで医者いらずと呼ばれるくらいの万能薬なんですからね！」

そう力説する雨妹だが、立勇はというと「ふぅん？」とまだ懐疑的である。

まあ、見た目が怪しいのは、雨妹としても認めるところであった。雨妹だってこれがなんだか知らなければ、毒があるとでも思うかもしれない。

アロエは砂漠などの暑い地域で育つ植物で、前世でも万能薬としてははるか古代から遠方までやり取りされていたりもする。だからこの国でも、遠方の国からこの海の玄関口まで持って来られても不思議ではない。

そして荷物から零《こぼ》れ落ちでもしたアロエが、そのまま根付いたのだろう。かなり広範囲に元気に育っていて、寒さに強い種類のアロエと推測できる。

――行きの道中、見つけてたんだよね！

帰り道でちょっと掘り返していこうと思っていたのだが、その予定が早まった次第である。

雨妹はその中で大きな株三つを手に入れ、ついでに子株もいくつか採った。これを陳《チエン》への土産にしたら喜ぶだろうか？　と考えたのだ。

医局にある薬の中に、アロエ汁を固めたものが薬としてあった。雨妹は以前に、「なにこの木ヤニの塊？」と気になって陳に聞いてみたことがあるのだ。

だから生の葉が手に入れば、きっと色々できるだろう。

「よし、たくさん採ったし、帰りましょう！」

荷馬車にドサリとアロエを載せたのに、立勇が指摘する。

「雨妹よ、ソレを布で隠せ。危険物を持ち込んだと怪しまれるぞ」

「……はぁ～い」

雨妹は「そうかもしれない」と思い、素直に隠す。

──見た目が怪しくったって、アロエって身体にいいんだからね！

危険物呼ばわりされたアロエが可哀想《かわいそう》に思った雨妹は、布の上から撫《な》でてやるのを、立勇から不審がられたのであった。


こうして掘り出してきたアロエを、怪しまれて没収されないようにひっそりと利民の屋敷へと持ち込んだ雨妹は、自分に与えられた部屋で作業することにする。

作りたいのはアロエの軟膏と、アロエ化粧品である。

アロエの軟膏は作るのは簡単で、アロエの葉の中の透明な部分を取り出して、細かく切り刻むだけだ。

「早いな。それに皮をむけばこうなっているのか」

アロエの皮むきを手伝ってくれている立勇が、透明でプニプニしているアロエの中身を不思議そうにいじっている。

「これを細かく刻んで潰《つぶ》せば、トロリとした軟膏になるんです。肌荒れにいいのは当然ですけど、火傷や切り傷にも効果アリで、痛みを鎮めてくれる優れものなんですよ！」

「コレがか……」

雨妹の説明を聞き、立勇がアロエをプニプニしながら首を捻っている。

効果は使ってみないと実感できないだろうが、そのためにわざわざ怪我《けが》や火傷をするわけにもいかない。そのあたりは、機会があれば試してもらうことにして。

「アロエは食べて良しだと言ったように、コレ、食べられますから」

雨妹は立勇にそう言うと、自分が持っているアロエの中身をパクリと食べる。

「……⁉　おい⁉」

ギョッとする立勇を横目に、雨妹はアロエをモグモグと噛《か》みしめる。

――うん、ここのアロエも美味《おい》しくはないかな。

環境が変われば味も変わるかとちょっぴり期待したのだが、変わらずに味がしないそっけなさだ。けど、苦みがあまりないのは朗報だろう。

「本当に食べるのか」

雨妹を見て呆気《あっけ》にとられる立勇だけれども、アロエは薬として医局にあったのだから、もしかしてこれまでの人生で薬として口に入れたことがあるかもしれないのだが。それは言わないでおいた方がいいのかもしれない。

それはとにかくとして。

雨妹はアロエを食べた場合の効能について説明する。

「アロエは、便秘や血流を改善して、胃腸にもいいんです。ただし、中のこの葉肉はいいですけど、外の皮は妊婦さんに食べさせられないんですよね」

「コレがなぁ……」

立勇が皮をむいたアロエをじぃーっと見ていたかと思ったら、意を決したように口に入れた。ただし、小さなかけらだが。

「……味がない」

「それがアロエですから」

渋い顔で飲み込んだ立勇に、雨妹は当然だと返す。

こんなことをしてから、しばらく後。

「うん、結構採れましたね」

雨妹たちがアロエの葉をむいて中身を刻んで潰してをひたすら繰り返した結果、目の前の入れ物の中には、透明のトロリとした軟膏がみっちりと詰まっていた。

このアロエは環境のせいなのか、雨妹が前世で育てていたキダチアロエよりも葉が幾分か大ぶりで、おかげで少ない葉の枚数で予定量の軟膏を作ることができた。

「うむ、ここまでくれば不気味さもなくなったな」

立勇がやっと安心した顔になる。どんなものができるのかとヒヤヒヤしていたらしい。まあそれも、アロエを見慣れていなければ無理もないことだ。

雨妹だってアロエは今世で初めて見た。他の多肉植物であれば辺境でも砂漠寄りの土地ではたまに見たけれども、都ではとんと見かけないことだし。

とにかく、アロエ軟膏ができたので、早速試してみることにする。

「この軟膏を塗ったらお肌がしっとりになりますし、日焼けで傷んだ肌を早く治してくれます。なにせ火傷を治すのですから、日焼けだってドンと来いです！」

雨妹は説明しながら、自分の肌に塗る。特にピリッとする感じもなくひんやりしていて、このアロエでも前世のものと感触は変わらないようだ。暑い最中《さなか》に外に出かけたばかりなので、日焼けをしたはずの肌を早速治してくれるだろう。

「む、べたつきもないし、使いやすくはあるか」

同じように立勇も自分の肌に塗っている。

立勇の身分であれば普通、こんな得体のしれないものを自身で試したりしないのだろう。けれど彼は太子付きであるし、太子が好奇心旺盛《おうせい》な質《たち》であることもあり、まず自分が試す癖がついているらしい。

これを気さくと見るか不憫《ふびん》と見るかは、人によるかもしれない。

雨妹はそんなことを考えながら、アロエ軟膏のさらなる使い方を語る。

「これを化粧水と混ぜれば、アロエ化粧水になりますので」

というわけで、雨妹は手早く作った化粧水に、アロエ軟膏を混ぜていく。アロエ軟膏のトロリとした感触が残った化粧水は、肌馴染《なじ》みがよくて満足できる出来だろう。これに油分も足して乳液を作れば、基礎化粧品の完成だ。

「これで身体を外から守ることができるとして。身体を中から守るために、アロエの葉を酒に漬けたり蜂蜜《はちみつ》漬けにしたりして飲んでもいいですから。その場合は、皮ごと漬けます」

アロエを漬けるという話に、立勇が首を捻《ひね》りながら唸《うな》っている。

「それはまあ、蛇を酒に漬けることもあるし、アリなのか……？」

どうやら立勇の中で、アロエ漬けはギリギリで許せるらしい。

ところで、ここまで使ったのは採ってきた大きなアロエ一株の、四分の一程度である。保存の関係から、あまり大量に作るわけにはいかないのだ。使っていないアロエは、植えてまだまだ育ってもらうことになる。

というわけで、雨妹はあらかじめ用意していた植木鉢にアロエを植える。

「これは育てるのにそれほど手間がかからないので、芳さんにもお世話が可能だと思うんですよね」

そんなことを言いながらアロエが植わった土をペシペシとする雨妹に、しかし立勇が待ったをかけた。

「こら雨妹よ、お前はもしや、コレを潘公主の庭園で育てさせるのか？」

「え、いけませんか？」

驚愕《きょうがく》といった様子で立勇に尋ねられて、逆に雨妹は聞き返す。

「だって、目の前で育てて必要になったらその都度採るのが、楽じゃないですか」

雨妹にとっては当然な流れだったのだが、よく考えれば美しく整えられた庭園に、この肉厚トゲトゲの葉は浮くかもしれない。

「あれ？　ひょっとしてマズいですかね？」

ようやく言わんとすることに気付いた雨妹に、立勇も「う〜む」と悩む。

「まあ、そうだな、目に付かぬ陰であれば、いいのか？」

立勇の提案に、しかし雨妹は首を横に振る。

「いえ、アロエの生育には日当たりが良くないといけません！」

その後は二人だと答えが出なかったので、とりあえず植木鉢に植えておいて、本人たちに相談することになった。

それから、翌日。

雨妹と立勇は出来上がったアロエ軟膏《なんこう》を持って、早速潘公主の下を訪ねた。

これを本当に贈りたいのは芳なのだが、先に潘公主に渡さないと、芳が受け取らない気がするのだ。

「……というわけで、こちらが新しく作った化粧品です。アロエという植物の汁を使った軟膏がこれで、こちらの化粧水と乳液にはその汁が混ぜてあって、これらは日焼けを治すのに効きます」

雨妹がそう説明して、アロエについても植木鉢に植えられた現物を見せ、軟膏を自らの肌に塗りながら語ると、潘公主が興味津々で植木鉢のアロエの棘を指先でチョンチョンしている。アロエを見た反応が、立勇とは大違いだ。

これで「そんな不気味なモノの汁なんて、使えない！」なんて言われたら、アロエ計画が白紙になるところであった。

それを警戒して隠しておくという手もあったのだが、なまじ隠しておいて後で見つかった方が、後々の衝撃が大きいかと思い、最初に暴露することにしたのだが。

──お姉様、案外大物かもね。

潘公主にアロエを受け入れてもらえそうでなによりだ。

というわけで、潘公主が早速アロエ化粧水を手につけてみている。

「不思議な感触、でも気持ちいいわ。芳もこちらへ来て、つけてみて？」

潘公主がしっとりとした己の肌を見せながら、ニコニコとして芳を手招きで呼ぶ。

「あの……」

「いいから、ほら早く」

戸惑う芳を、潘公主が急《せ》かす。

──どうやら、お見通しみたいだね。

雨妹がどうして急にコレを作ったのか、潘公主はなにも聞かずともちゃんとわかっていたようだ。

潘公主に呼ばれた芳は、手渡された化粧水で肌を濡《ぬ》らすと、恐る恐る撫で広げていく。

「まあ、肌のピリピリしていたのが、スゥーッとします。こんな感触は初めてです」

すると芳が目を丸くしてそんなことを言う。日焼けで傷んでいたらしい肌に、早速アロエの鎮痛効果が出ているらしい。

これを聞いて、潘公主が顔を綻《ほころ》ばせる。

「よかったではないの。芳には佳の日差しが辛いのを、わたくしも心配していたのよ？　無理をしないで日陰にいなさいってどんなに言っても、あなたったら聞かないんですもの」

「玉様……」

潘公主からそう声をかけられた芳が、眉《まゆ》を寄せて申し訳なさそうにする。

どうやら芳の忠義と潘公主の思いやりが、微妙にすれ違っていたようだ。それをアロエが救えるのであれば、作った甲斐《かい》があるというものである。

しかし、雨妹はここで改めて念を押す。

「芳さん、もう一度言いますが、化粧水はたっぷり使ってくださいね？　なくなったら作ればいいだけなんですから」

そう、せっかく作ってても使うのをケチっては、アロエ効果も半減なのである。

「はぃ……」

雨妹にそう言われて、小さな声で応じる芳の様子を見た潘公主が、「あのね」と苦笑気味に口を挟んできた。

「芳ってば昔、化粧品で肌が荒れたことがあって。そのせいでまだ少し怖いのだと思うの」

「まあ、そうだったんですね」

――なるほど、そっちだったか。

雨妹は芳が箱入り育ちなのに化粧品をケチるという矛盾を謎に思っていたのが、「これで解けた」とスッキリする。

きっとその時、芳の肌には刺激が強い化粧品を使ったのだろう。肌が弱い人であれば、酷い肌荒れになったはずだ。そしてその化粧品が高価であったゆえに、それが肌に合わないと言い辛かったに違いない。

――前に似たようなことを、鈴鈴《リンリン》が言っていたよね。

高価なものが合わないと、「やはり貧乏人だからだ」と言われるのかもしれないが、化粧品の値段と使う人の体質は別の話である。高い化粧品が合わないのがすなわち、貧乏人体質なのだという安易な結びつけは、前世でも無きにしも非《あら》ずだ。

人間とは世界が違っても、根本は変わらないのだろう。

「けどそろそろこれに慣れたでしょう？　雨妹の言う通り、きちんと使いましょうね？」

「はい、そうします。雨妹さん、私のために尽力くださり、ありがとうございました」

芳が潘公主と笑みを交わし、雨妹にペコリと頭を下げた。

その後、無事に利民から芳のための服が用意され、ようやく彼女は快適な夏を過ごせそうである。

こうして、芳の日焼け問題は解決となった。


ところで、例のアロエの居場所問題だが。

意外な展開で解決へと向かった。

実はアロエ酒と蜂蜜漬けを作るために、酒と蜂蜜を貰《もら》おうと料理長へ会いに行くと、なんと料理長がアロエに興味を示したのだ。

どうやら料理長は色々なものを酒で漬けるのが趣味のようで、各種揃《そろ》えていたその酒たちの仲間に、アロエ酒を加えたいらしい。

アロエを好いてもらえるのが嬉《うれ》しい雨妹は、料理長に子株を分けて、どこで採ってきたかを聞かれたので教えると、早速休みの日にでも採りに行きそうな勢いだったほどである。

それでさらに聞けば、屋敷内に料理長が管理している菜園があるというので、そこの一角にアロエを植えられないか相談したところ、ならばいっそアロエ畑を作るということで、アロエの居場所問題はそこに決まった。

――やったね、アロエが表舞台に出たよ！

料理長のアロエ畑以外にも、芳がアロエの鉢を一つ貰い受けて、自分の部屋の中の日当たりのいい場所で育てている。

さらに意外な展開なのが、利民がアロエ酒に興味を示したことだろう。

料理長が一応アロエ畑について利民に報告したところ、そのアロエ酒の効能を知って関心を持ったようなのだ。

船乗りにとって海の上での体調不良は大問題で、特に水分摂取量がどうしても限られるため、便秘になりやすいのだとか。便秘が悪化して死ぬ思いをする船乗りも、年に数人いるのだという。

これをなんとか改善したいと悩んでいた利民だが、アロエ酒が胃腸、特に便秘に効く薬酒だと知って、ぜひ船に置いておきたいと言ったらしいのだ。薬は嫌がって飲まない船乗りでも、酒ならば飲むだろうとのことで、普段飲む酒をアロエ酒に変えるだけで手軽なことが、利民が採用した理由である。

その後、このアロエ酒のおかげで、船での体調不良が減ったそうで。

この、酒でもあり薬でもあるという素晴らしいアロエ酒を、他の船でも必ず置いておくようになり、結果アロエ畑が街のあちらこちらで見られるようになったのは、もっと後の話である。

第三章　檸檬《レモン》を食べよう！

雨妹《ユイメイ》が利民《リミン》の屋敷に滞在して、そろそろ半月を過ぎるという、ある日。

「御遣い殿、ちょっといいか？」

雨妹は屋敷内で利民からそう声をかけられた。

「はい？」

朝食の器を戻しに行った帰りだった雨妹は、その場に立ち止まる。

ちなみに本来ならば、客人の食事の器を回収するのは使用人の仕事であるが、これがまたいつまで経《た》っても来ないので、自分で戻しに行っている次第である。

あちらとしては「偉そうにしている都人に、下働きの仕事をさせている」という嫌がらせ行為のようである。だが生憎《あいにく》と雨妹は元々が下っ端宮女であるので、この手の作業を屈辱だともなんとも思っていないため、全くもって無駄な嫌がらせでしかなかったりする。

それはともかくとして。

「なんでしょうか？　恋心を伝える勇気の振り絞り方ならば、気合と根性で頑張ってくださいとしか言えないのですが」

「違う！」

利民からわざわざ呼び止められた理由を雨妹なりに考えた質問だったが、真っ赤な顔になった利民に怒鳴り返される。

それ以外だとしたら本気でなんの話かわからずに、雨妹が首を傾《かし》げていると。

「コホン！　あ～、あの土産にあった檸檬とかいう果実だが。どういう食べ方が適しているとか、生産者から聞いてはいないか？」

なんと、檸檬についての話であったらしい。それについては生産者から聞いているどころか、食べ物だとすら思われていなかったのだが。

「特には聞いていませんけど、どうしてでしょう？」

雨妹が疑問を口にすると、利民が「そうか」と残念そうな顔をしてから、声を潜めて答える。

「ここのところ海賊騒ぎが続いて、街の連中も気分が塞《ふさ》ぎ気味だろう？　なもんで気持ちを変えてもらおうと思ったら、美味《うま》いものを食うのが一番だ」

そこへちょうどこの檸檬とやらが手に入ったのだから、利民はこれで新しい名物でもできたらと考えたらしい。

だがいかんせん、料理長も知らない食材だったという。

なにせ柑橘類《かんきつるい》の認知度は、異国の香りのする香油として一部の金持ちに流通している程度で、都で修業していた料理長とて見るのはこの檸檬が初でもおかしくない。もしかすると寒さに強い柚子《ゆず》あたりならば国内のどこかに生《な》っているかもしれないが、少なくとも雨妹が行動した範囲では見ていない。

それにしてもなるほど、利民は美味《おい》しいもので人々を景気付けようとしているらしい。雨妹としても、美味しいものを食べると元気になる、という考えには大賛成だ。

——私、皆に美味しい気持ちが行き渡るように、がんばっちゃうよ！

雨妹はドン！　と拳《こぶし》で自分の胸を叩《たた》いた。

「そういう話であれば、お力になれます。生産者からは聞いていませんが、実は私がいくつか檸檬料理を知っておりますので」

これを聞いて、利民がとたんにパッと表情を明るくする。

「本当か!?　さすがは太子殿下のお付きなだけあり、博識だな！」

喜んでくれるのは嬉しいけれど、本当はお付きどころかただの掃除係であるのだが。けれど利民はそれを潘《パン》公主から聞いているだろうに、気にしないらしい。

「これについては料理長に頼んでいるんで、そっちで詳しい話をしてくれ」

そういうことで、早速料理長と話をしに行く。

雨妹としては最初、料理長に食材を仕入れてもらってから、あれやこれやとするのかと思ったのだが。

「なにが合うのかわからんので、適当に買ってきてくれないか？」

そう逆に頼まれてしまう。

というわけで。

「うーん、海は広いし美味しいなぁ～」

雨妹は再び港の方へとやってきた。目的はもちろん檸檬に合う食材探しであり、試食のために背負い袋には檸檬を詰めてきた。

「なんだそれは。広いのは同意するが、美味しいはおかしいだろう」

雨妹の言葉に、もはやいつものこととなった護衛役の立勇《リーヨン》からツッコミが入る。

「そちらこそなにを言うんですか！　海の幸は美味しいものだらけ、すなわち海は美味しいんです！」

雨妹は堂々と言い切る。

そんな傍目《はため》から見ると間抜けなやり取りをしている都人二人を、行き交う佳《カイ》の人々は奇妙そうに見る者もいれば、「あ、あの時の！」と言って笑顔を向ける者もいる。先だっての海賊騒ぎの際の、雨妹たちの活躍が広まっているのだろう。

以前の外出では、屋台などの客商売では誰であっても客なので好意的だったのだが、それ以外だと「なんで都人が」という視線がやや多めだった。けど今はどちらかというと、好意的な視線の方が優勢になってきている。

――口でなにか言うよりも、行動で見せた方が偏見を考え直しやすいんだろうなぁ。

問題は、屋敷では佳の中でも特権意識を持つ者が多く、それがより偏見を強固にしているところであろうか。

そんなこんなで雨妹たちは人目を引きながら、港方面へと歩いていくのだが。

「なにか当てはあるのか？」

立勇に尋ねられ、雨妹は胸を張って自信満々に答える。

「もちろん、檸檬といえば牡蠣《かき》でしょう！」

なんといっても牡蠣と檸檬の相性は最高で、檸檬があれば牡蠣を延々食べられるというものだ。

そんなわけでキョロキョロと探していると、早速牡蠣を売っている屋台を発見した。

「あれ、あれです！」

「牡蠣とはあれか。またお前は、アロエに続いてこの展開とは……」

雨妹が嬉々《きき》として指さす先を見た立勇が、げんなりとした顔になる。

——なにかなその、まるで私がゲテモノ好きみたいな言い方は⁉

雨妹は不満を表すように、頬を膨らませて立勇をジロリと睨《にら》む。

牡蠣といえば、潘公主の食事を頼む際に口に出した食材名だが、実は利民の屋敷では牡蠣料理を余所《よそ》者には出さないらしく、雨妹と立勇は食事で見たことがなかった。

牡蠣のあの見た目と、なにより都出身の料理長が食材に慣れていないことも大きいらしい。都で手に入る川で獲《と》れる貝に比べて、牡蠣は見た目がプヨンとしているため、まずはそれに驚くのだという。

まあ、そのあたりは慣れればいいのだろうけれども。

それでも料理長とて佳へ来てから研究をしてみたが、茹《ゆ》でたり素揚げしたりといった程度しか思いつかず、さらには磯の香りに慣れない料理長には磯臭さが気になるのだそうだ。

なので潘公主の食事に使うように頼んだ際も、かなり悩んで、牡蠣を調味料と合わせてペースト状にして使っていたりする。

——牡蠣ペーストだって美味しいんだけど、やっぱりあのプリプリの牡蠣を食べたいんだってば！

とにかく、雨妹はこれが牡蠣との初対面である立勇を引きずるようにして、その屋台へ突撃する。

「牡蠣くださいな！」

ニッコニコの笑顔でやってきた雨妹とついでの立勇に、屋台の店主が驚いていた。

「都人が牡蠣たぁ、物好きだなぁ。本当に食えるのか？　買ったはいいが食えずに捨てるなんざ、ゆるさねぇぞ？」

そしてそう念を押してくる。

ということは、そんなけしからん行いをする不届き者がいるということだろうか？　なんということだろう、そんな人には雨妹がこの手で裁きの鉄槌《てっつい》を下してやりたい。

——栄養満点で美味しい牡蠣を、見た目で判断するなんて不届き千万！

雨妹は屋台の店主に向かって、心配無用とばかりに大きく頷《うなず》く。

「もちろん、大好きだから頼むんです！　捨てるだなんてとんでもない！」

というわけで、牡蠣を手に入れた雨妹は、「自分で焼きたい！」と店主に申し出て、隣にある焼き場へと持っていく。

焼き場には牡蠣を焼くために炭火が設置してあり、その上に竹を細く割いたものを並べてあって、雨妹はその上に牡蠣を並べていく。

「都人みたいなのに手際がいいな、嬢ちゃんは」

「へへ、貝は好きなんです」

雨妹は店主に感心されながら、牡蠣を並べた網を炭火の上に置く。

牡蠣はまず平らな面を下にして焼いて、ひっくり返してもう片面も焼く。しばらくすると殻《から》が開くので、牡蠣の身が白くなっていれば食べ頃だ。

牡蠣の平らな方を上にして、殻の内側に刃物を入れ殻を開いて上の殻を外す。この時下の殻に牡蠣の旨味《うまみ》をたっぷり含んだ汁が出ているため、こぼさないように気を付けたい。これがまた美味しいのだから。

外した上の殻に貝柱がついているので、それも切り離せば準備完了である。

——いただきます!

雨妹はまず牡蠣だけで食べてみる。このために、箸《はし》だって持参しているのだ。

「うーん、コレコレ! 美味しい、プリップリ♪」

なにもつけずとも天然の塩味がきいていて、なめらかな口触りが抜群である。これぞ、新鮮だからこその味だろう。

雨妹の隣では、立勇も雨妹の真似《まね》をして牡蠣殻を開けている。この牡蠣は雨妹が監視して焼いたものなので大丈夫だが、一応忠告しておく方がいいかと思って、雨妹は牡蠣を飲み込んでから言う。

「ちなみに注意事項として、ちゃんと火を通してくださいね。でないと中《あた》って酷《ひど》いことになりますから」

これを聞いた立勇が、その手を止める。

「酷いとは、具体的には？」

真面目な顔で尋ねる立勇に、雨妹も真面目な顔で答えた。

「お腹《なか》を下して死ぬ思いをします」

若干青い顔になった立勇が「そんな恐ろしいモノなのか？」と呟《つぶや》くのに、雨妹は牡蠣の汁をズズッと啜《すす》りながら言ってやる。

「きちんと熱を通せば問題ないですって。潘公主だって召し上がっておられるんですから」

ちなみに、前世では中る心配のない生食用の牡蠣もあったが、雨妹は断然加熱用牡蠣が美味しい派であった。沖合いの綺麗《きれい》な海で育ち滅菌処理されている生食用より、河口に近い栄養豊富な海で育つため大きくて味が濃い加熱用の方が、断然食べ応えがあるというものだ。

そんな牡蠣話はともかくとして。

立勇は恐る恐るといった調子で牡蠣を口にして、「まぁ、うん……？」と首を傾げる。やはり磯の香りに慣れない者には、少々抵抗があるようだ。

ということで、ここで檸檬《レモン》の出番である。

雨妹は持って来た檸檬を背負い袋から一つ取り出し、串切《くし》りにすると、焼けた牡蠣に果汁を搾りかける。途端に檸檬の酸味の香りが匂いたつ。

それを一口でパクリと頬張った雨妹は、フニャリと頬を緩ませた。

「うん、これこれ〜♪」

食べながら話すのは行儀良くないが、雨妹は我慢ができずに足をジタバタさせながらついそう漏らす。

「立勇様もどうぞ！」

「ふむ」

雨妹に勧められた立勇も、檸檬味の牡蠣をおずおずと口に運ぶ。そして無言で食べているのだが、さっきは渋い顔で食べていたのが、眉間《みけん》から皺《しわ》がとれた。

こちらは行儀よく飲み込んでから、口を開く。

「……あの独特の臭いが和らぐな」

そう感想を述べた立勇は、檸檬味の牡蠣はどうやら口に合ったようだ。

「ふふん、檸檬と牡蠣は抜群の相性なんですよ」

雨妹が胸を反らして檸檬の効果を語っていると。

「なんでぇ、そりゃあ？　見たことねぇが食いモンか？」

傍《そば》で様子を見守っていた店主がそう声をかけてきたので、雨妹は笑顔で応じる。

「はい、これは檸檬という食べ物です。利民様が最近新しく仕入れた果実で、味付けに使うと美味しいんです。今回はコレに合う食材探しをしていまして」

雨妹の説明に、店主や、牡蠣を食べる都人を見物していた漁師たちが「へぇ、利民様が」と呟き関心を示してくる。どうやら利民は海賊騒ぎで不満を出しているものの、まだまだ民心を掴《つか》んでいるようだ。

「なあ、俺もちょいと牡蠣を焼いてソイツをかけてみてぇ。牡蠣を分けてやるから、ソレをこっちに分けてくれねぇか？」

さらにはそう言ってくる漁師の一人に雨妹はニコリとして頷く。

「いいですよ。元々利民様はこれを佳の特産にしたいとお考えですし、みなさんの口に合うかも大事でしょうからね」

元々、こうした際の味見用にと多めに持たされているのだ。雨妹が背負い袋から檸檬を追加で出して手渡すと、その漁師も雨妹を真似して檸檬を串切りにして、焼きあがった牡蠣へ搾りかけ、身を口へ運ぶ。

「……！　うん、こりゃイケる！　なんだ、牡蠣の味がもっと濃く感じる気がする！」

「そうなんです、檸檬と牡蠣っていう組み合わせ、美味しいですよね！」

クワッと目を見開いた漁師に、雨妹が一緒に盛り上がる。

「こりゃあ牡蠣だけじゃなくて、他の魚介にもかけてみてぇな！」

「そうでしょう、そうでしょう！　檸檬は魚介類全般と合いますからね！」

漁師と盛り上がっている雨妹の隣では、立勇が二個目の檸檬味の牡蠣を手に取っていた。どうやら気に入ったらしい。

「牡蠣って焼く以外もいいんですけど、それは料理長に相談しましょうか。けど今はとりあえず牡蠣をジャンジャン食べて、お代わりを焼きますよ！」

前世で牡蠣の大食いで鳴らした雨妹の心に、火がついた。

これがこの浜辺で語り継がれる「都女の牡蠣爆食い伝説」の幕開けである。

「ふぃ～、食べたぁ、お腹がパンパンです……」

「あれだけ食べれば、そうだろうな」

満足げにそう言う雨妹に、隣を歩く立勇が呆《あき》れた様子でツッコむ。

雨妹はあれから、漁師が持ち込んだ牡蠣を食べつくす勢いで食べた。

――だって、この機会を逃したら一生食べられないかもしれないと思うと、ねぇ？

雨妹は心の中で誰に対してかわからない言い訳をする。今の雨妹は、きっと半分どころか八割程度は牡蠣でできている気がする。

けどさすがに食べ過ぎて身体《からだ》が重たいので、腹ごなしのために港近くの商店通りを歩いてみよう、ということになったのだ。

前回の潘公主に貰《もら》った自由時間の際は、早い段階で利民を見つけて、ろくに見られずに終わってしまったし、次に胡《フー》を訪ねて出歩いた際は海賊襲撃があったため、結果やはりろくに散策ができていないというのもある。

というわけで、雨妹は歩きながらキョロキョロと屋台や商店の店先を覗《のぞ》いていく。

「やっぱり手前の宿場町より、生活に密着した店が多いですね」

「あちらは都の客が主で、こちらは地元民が主だということだろうな」

雨妹の感想に、立勇がそう見解を入れる。

確かに、あちらの宿場町は観光地的だったけれど、この佳は地元の買い物客向けの雑貨が揃《そろ》っていて、価格も安いし見た目が凝っていたりなどはしていない。

——けれど案外、こうした場所の方が掘り出し物があったりするかもしれないよね！

雨妹は宝探し気分で、あちらこちらの店に顔を突っ込んでいく。

すると雑貨屋で珍しいものを見つけた。

店内でも杯が置いてあるあたりに、庶民向けの簡素な陶器製のものだったり、木製のものだったりが置いてあるのだが。その中に、取っ手付きで少々大きめな飲杯、いわばティーカップ的なものがあったのだ。

——へぇ、初めて見た！

雨妹はこれまでこうした取っ手付きのものを見たことがない。

「これ、珍しいですね」

雨妹が店主らしき人物に話しかけると、「ああ、それな」と頷く。

「外の船から流れたモンを真似たんだが、なかなかいいんだ。なにせ取っ手のおかげで落としにくいし、冬の寒い中でも、茶が冷めて持ちやすくなるまで待たなくていい。ここいらは、冬はかなり冷えるもんでな」

「なるほど、それはありますね」

確かに通常の持ち手のない杯だと、手肌が熱さに弱い人だとかなり冷めるまで待つことになり、温かいお茶で温まるという目的が半減するだろう。取っ手がない杯だって器越しに手で温度を測るという利点もあるのだろうが、佳の住人はそのあたりが待てず、せっかちなのかもしれない。

それにこうした文化をすぐに取り入れるのは、異文化に慣れている港町ならではだろうか。恐らくはこれを手前の宿場町で売っても、いまいち利点を感じられないのかもしれない。

——あそこに来るのは、寒い中に外で働くような人たちじゃないよね、きっと。

それはとにかく、この取っ手付きの杯は他では買えないものだ。

「珍しいし、美娜《メイナ》さんとか楊《ヤン》おばさんとか鈴鈴《リンリン》へのお土産に買っていこうかな」

ぜひ皆に冬に温かいままのお茶を飲んでほしいものだ。

雨妹は壊れにくいように木製の杯を買うことにして、色や木目が良さそうなものを選んでいると、背後から立勇がボソッと言ってきた。

「……同じものを明賢《メイシエン》様にも選んでおけ、珍しいものに目がないお方だからな」

なんと、お土産相手を一人増やせと言う。けれど、太子の土産を下っ端宮女が選ぶのはどうなのか？

「それ、立勇様が選べばいいのでは？」

雨妹がそう言うと、立勇が眉《まゆ》を寄せる。

「私が選ぶと、つまらないとお思いだろう」

そしてそう告げられた。

なんだろう、面倒臭い太子である。

ともあれ太子には陶器の杯の上品そうな色のものを選んだところで、次の店へ行く。

そこは布地屋であるらしく、住の住人がよく着ている服の柄の布地がたくさん置いてある。

ちなみに佳の人々の服装は、都に住まう庶民たちよりも華やかというか、派手な柄を好むようだ。海に面しているという開放的な空間が影響しているのかもしれない。

都の方が服装が華やかになる気がするが、あまり派手にしていると厄介な上流階級の人々から目を付けられたりするので、そうはならないのだろう。実際宮女たちも、あまりお洒落《しゃれ》にしていると妃嬪《ひひん》たちの反感を買うので、あえて地味にしている者が多いのだし。

派手な柄の布は見た目に楽しいし、それにこちらの布地は手触りよりも頑丈さを優先してあるようで、破れにくい。

――これで座具を作ると、部屋の雰囲気が変わるかも！

早速雨妹は気に入った柄の布地を適当な長さで切ってもらうことにして、奥も見てみる。

「あ、服も置いてあるのか」

そう、奥には既製服もあった。

並んでいる服は今の季節の夏物だからか、とにかく涼しさ優先なのだろう、街中でよく見る袖《そで》や裾《すそ》が短めのものばかりだ。

雨妹もできればこういう服を着たいものだが、今の自身は偉い身分であるらしいので、恐らくは立勇から苦情が来ると思われる。

その中でも、服の意匠でちょっと変わったものがあった。下衣の褲《こ》というい わゆるズボンで、やはり裾が短いのだが、その裾の方が広がっていて、まるで前世のキュロットスカートのような意匠である。

そう言えば地元民が普通の筒状の褲の他に、フワッとした下衣を穿《は》いている姿をチラホラ見たのだが、こんな意匠になっているとは思わなかった。

この国の女が着る裙《くん》というスカート状の下衣でも、富裕層がお洒落としてヒラヒラさせていることはあるものの、丈が短いとはいえ、庶民向けでこうもヒラヒラなのは珍しい。これは恐らく、風を通して涼を得るためであろう。

——こういうのでもお土地柄ってあるんだなぁ。

異文化というものは、やはり面白いと思ってさらに見ていると。

「……うん？」

雨妹は気になるものを見つけた。

そこに並んでいるのは下衣だけで、他の服は模様があるのに、それは無地ばかり。しかも布地も他の服よりも柔らかい素材のようだ。裾は膝上《ひざうえ》とかなり短くなっている。

「なんだこれは、ずいぶん心もとない下衣だな」

立勇もソレを見つけて首を捻《ひね》っているが、雨妹はそんな言葉なんて聞こえていない。

「これは、これは……！」

雨妹は震える手でソレを手に取り、確信する。

——これは、間違いなくパンツだよね⁉

しかもこの柔らかい手触りの布地は、きっとこれまでの着用の歴史の中で辿《たど》りついたものであるに違いない。ゴワゴワしたパンツなんて、きっと穿き心地が良くなかっただろう。

やはりパンツは存在したのだと、雨妹が感動していると、奥から中年の女性が出てきた。

「ありゃあ都人の客たぁ珍しい。アンタらはそんな下穿きなんて穿かないだろうに」

女性の言葉で、雨妹の推測が確信となった。

「……！　やっぱり、下穿きなんですね⁉」

目をキラキラさせて尋ねる雨妹に、女性は「そうさ」と頷《うなず》く。

「ここらでは服は裾が広いだろう？　なもんで特に女たちは、都風の下穿きじゃあ具合が悪いんだよ。それで、外の船からの流れ物を真似たのさぁ」

「なるほど！」

確かに、裾が短くて広がっているから、体勢によっては中が丸見えになるだろう。

パンツを見つけたからには、もちろん購入するしかないだろう。パンツは何枚あってもいいのだから。しかも珍しいパンツに適した布地であるそうなので、できればこの布地も買いたいのだが。

「変わってるねぇ、お前さんは」

女性は下穿き用の布を買いたがる雨妹に首を捻りながら、奥から持って来てくれた。

ちなみに立勇は、ソレが女物の下穿きと聞いたとたんに、サッと距離をとっている。

こうしてパンツ文化を発見して、雨妹は心強くなった。これで今度から、もし下穿きについて聞かれたら、「佳で知った」と言えるのだから。

色々な収穫を得て、雨妹は意気揚々と利民の屋敷へ戻った。

こうして色々と収穫のあった港から戻った雨妹は、立勇と共に早速料理長を訪ねた。

ちなみにあのお邪魔虫な台所番の面々は、まだ副料理長の夜逃げの衝撃から立ち直れないのか、大人しいものである。

というわけで雨妹は邪魔をする者がいない台所で、港での収穫物である色々な食材を台の上に載せる。

「檸檬《レモン》と合わせたいものを集めてみました！」

そう言う雨妹が用意したのは、まずはなんと言っても牡蠣《かき》、そして小ぶりの魚、大蒜《にんにく》などの香味野菜各種。あと、何故か饅頭《マントウ》が複数個、デデン！　と存在感を主張していたりする。

これらを見た料理長は、不思議そうな顔だ。

「なんつーか、牡蠣なのか？　しかも魚はもっとデカいのでなくていいのか？　それに、饅頭？」

首を捻る料理長に、雨妹は「これでいいんです！」と頷いてから説明する。

「まずお勧めは、なんといっても牡蠣ですね。立勇様も美味しいと食べていましたから」

「確かに、味は美味かった」

雨妹の言葉に、立勇も認める。

「ほぅ、あの牡蠣をな。都の連中には口にし辛《づら》いだろうに。俺も最初、味見をするのに気合が要ったしな」

都でも上流階級の人間である立勇が食べたということに、料理長が驚いていた。

というわけで、まず檸檬と牡蠣の相性をわかってもらうために、雨妹は浜辺でしたように台所の竈《かまど》で牡蠣を焼き、檸檬を搾りかけたものを料理長に差し出す。

料理長はまずじっくり見た目を確かめ、香りを嗅《か》いでから牡蠣を口に入れると、目を丸くして驚く。しっかりと味わうように噛《か》みしめて飲み込んでから、一つ頷いた。

「香りがいいな！　檸檬の爽《さわ》やかさに加え、磯の香りが和らぐが、全くなくなることもない。絶妙だ」

べた褒めの料理長だが、しかしこれだとまだ問題があった。

「美味いのがわかれば手が伸びるのだが、やはり見た目がな……」

立勇が渋い顔をしている。

「そうなんです、これだとやっぱり慣れない人には見た目で拒否感が出るみたいで」

そう、見た目が不気味に見えるという点を解決できていないのだ。せっかく作るのだから、地元民だけにウケる料理ではなく、色々な人に食べてもらえる料理にしたい。

そう考えた雨妹は思いついてしまったのだ。牡蠣の見た目をどうにかして、美味しく食べる料理があるじゃないかと。

その料理の名は炸《ジャー》牡蠣、すなわち牡蠣フライである。

——あれなら、きっとイケるはず！

この国にはもともと揚げ物文化があるので、牡蠣フライも受け入れられやすいと思うのだ。

というわけで、牡蠣フライについて料理長に説明する。

「わかりやすく言えば、牡蠣の揚げ物なんですが」

「牡蠣を揚げるってのは、まあ、しなくはないが」

話を聞いた料理長が、あまり物珍しい料理ではないと言いたげであるのに、「けれど」と雨妹は続ける。

「衣にちょっと変化をつけます。ってことで、コレの出番というわけです！」

雨妹が掲げ持ったのは、饅頭である。

「饅頭？　ソレに包んじまって揚げ饅頭にするのか？」

不思議そうにする料理長に、雨妹は首を横に振る。

「違います！　牡蠣を揚げるのに、饅頭の粉をまぶすんですよ！」

雨妹はそう言って胸を張る。

フライといえば必要なのがパン粉だ。

パン粉は日本だと食パンで作るのが一般的だったが、別にパン粉は食パンでなければできないわけではない。そしてこの国には、パンによく似た食べ物がある。

それが、雨妹も大好きな饅頭である。

そのまま食べてよし、なにかを挟んでよし、甘い蜜《みつ》を絡めてよしの万能食品だろう。なんにでも合うのは饅頭自体の味の主張が薄いからで、その点は食パンと似ていると言える。

「木の実を砕いたものをまぶして揚げたりするでしょう？　それを饅頭でやればいいんですよ！」

「饅頭を木の実みたいに細かくするのか？　なるほど、アリかもしれん」

料理長もようやく雨妹のやりたいことがわかり、乗り気なようなので、早速作ってみることになった。

作り方は簡単で、小麦粉を水で溶いたものに牡蠣の身を絡ませ、それにパン粉ならぬ饅頭粉をまぶして揚げるだけである。卵液を使えばサクサク具合が良くなるのだろうが、卵は高価なのでこちらにした。

饅頭を粉状にするのは、地道に手で千切ったものを包丁で刻むという手段をとる。この国では野菜を生でおろすという食べ方をしないため、おろし金がないので仕方ない。

粗めの生饅頭粉になったが、粗いことでサクサク感が増すかもしれない。

饅頭粉ができたので、雨妹は早速牡蠣を次々に小麦粉水に絡めて饅頭粉をまぶしていくと、それを受け取った料理長が熱した油に入れていく。

そして手ごろな色合いで油から上げると、香ばしい良い匂いがする。

「ふむ、確かに見た目で牡蠣とはわからんな」

出来上がった牡蠣フライを見て、料理長が頷く。

「確かに、これだったら拒否感がないな」

立勇も牡蠣フライの見た目に好意的だ。

「まずは、味見しましょう！」

揚げたての牡蠣フライを料理長と立勇と分け合ったところで、雨妹は熱々のソレに「ふーふー」

と息を吹きかけて冷ますと、パクリと頬張る。まずは饅頭粉のサクッとした食感が美味しさへの道しるべを作り、それからとたんに口の中に広がる、牡蠣のほろ苦さと旨味が幸せへと導く。

——うん、これこれ！　めっちゃ牡蠣フライだよ！

雨妹の前世での大好物が、ここに再現された瞬間である。

「こりゃいい！　饅頭の粉がこんな食感になるとは知らなかったな」

「それに、満足感がある」

料理長は衣の食感に驚き、立勇は美味しそうに食べている。

「もちろん、これにも檸檬を搾りかけると美味しいです！」

というわけで、檸檬を搾りかけて再び食べると、三人ともが笑顔になった。

「美味し～い！」

「いい、いいぞこりゃあ！」

「確かに、もっと美味くなった。むしろ、これが牡蠣だとわからないんじゃないか？」

もっと美味しくなった牡蠣フライに、雨妹がジタバタと足踏みしている横で、料理長と立勇も口々に述べる。

すっかり牡蠣フライを気に入った料理長と立勇に、雨妹は「そうでしょう、そうでしょう！」とニンマリ顔になる。

——これで、もっと牡蠣を世に知らしめるのよ！

牡蠣大好き人間な雨妹としては、海から離れた場所に住む人たちから牡蠣を悪《あ》し様《ざま》に言われるのが我慢ならず、これはそのための「牡蠣の立場向上計画」でもあったりする。

しかし、饅頭粉で揚げるのは、牡蠣だけに合うものではないわけで。

「この饅頭粉は食材ならばなんにでも合うんですけど、特に魚介類全般に合うんです。それにこういう小ぶりな魚で作れば、食べやすい大きさでしょう?」

雨妹が用意した小魚を指し示して説明すると、料理長が「ああ!」と頷く。

「なるほど、それで小さい魚ばかりなのか。小さい魚は外れ扱いで安いし、それこそ屋台で売りやすいだろうな」

料理長が納得顔でそんなことを口にする。料理長は利民からの依頼を、いずれ港の屋台で食べられるものを作ることだと考えているようだ。

料理長はこちらも、早速魚を捌《さば》いて牡蠣と同じ要領で揚げていくのだが。

「けど、この饅頭を細かくするのは、結構な手間だぞ?」

料理長が作業をしながら、唯一気になった点を指摘するが、それも解決策がある。

「この饅頭の粉を鍋《なべ》で炒《い》って水気を飛ばせば、もっと長く保存ができるようになりますから。ちなみに生の粉と炒った粉で、微妙に食感が変わります」

「なるほど! そうやってあらかじめ大量に作っておけば、屋台の連中が使いやすいな。むしろ饅頭粉の店ができるかもしれん」

確かに料理長の言う通り、このフライ料理が流行《はや》れば、饅頭粉作りは立派に商売として成り立つだろう。それこそ醤《ひしお》――タレなんかに絡めて饅頭に挟めば、立派な食事だ。

そう、今考えているのは檸檬料理であり、檸檬が主役。檸檬汁を振りかけるだけでは主役と言えないのだ。なので雨妹は檸檬をまるごと使った醤を作ろうと思う。

雨妹がそう提案すると、料理長もノッてくれた。

「醤か！　そうだな、せっかくだからこれに合うタレを作りたいな！」

というわけで、次は醤作りだ。

雨妹的には、この料理に合わせたくなるのはタルタルソースだろう。タルタルソースで和《あ》えると、ぐっと華やかになるし、見た目にも美味しさが増すというものだ。

――実はこの国って、卵を使ったソースっぽいのが既にあるんだよね。

それは卵黄と油を混ぜたもので、それに酢を加えれば立派なマヨネーズになる。これに野菜の酢漬けなどを加えれば、タルタルソースに変身するというわけだ。

今回は酢ではなくて檸檬汁を使うが。

それに卵ではなく豆腐を使ったやり方であれば、庶民向けの安価なものになるだろう。

ちなみにこの豆腐のタルタルソースは、雨妹が前世で勤めた病院内の食堂が開催した料理教室で教わったものだ。

というわけで雨妹はタルタルソース――卵の醤と、豆腐の醤との両方を作っていく。

豆腐もしくは卵黄と、檸檬汁と植物油、それに好みの調味料で味を調節してひたすらに混ぜる。

それに檸檬の皮を細かく刻んだものを混ぜれば、檸檬の香りと食感が引き立つ卵と豆腐の醤の完成だ。

出来上がったトロリとしたその醤を、料理長が匙《さじ》で掬《すく》ってペロリと舐《な》める。

「ふぅむ、こりゃあ濃い味を好む漁師連中の口に合うかもしれんな」

料理長の感触だと、卵と豆腐の醤は漁師に受け入れられやすい味のようだ。

「兵士好みでもあるな。あちらも濃い味を好む」

同じく味見をした立勇も好感触である。

「もしこの醤がクドい人なら、こっちの卵や豆腐を抜いたものも美味しいです。サラッとした醤になって、特に大蒜を細かく刻んで混ぜれば絶品です。肉や魚や野菜と、なんにでもかけて食べられていいですよ」

雨妹は一緒に作っておいた、大蒜檸檬《レモン》の醤を差し出す。

「なるほど、これはこれでいいな。確かにクドい味を好かない場合もあるか」

料理長はこちらも気に入ったらしく、早速どんな料理に合わせるかを考え出し、立勇などは「私は焼いた肉にかけたい」と言い出す。すっかり護衛ではなく味見係だ。

しかし、檸檬の使い方をこれで満足してもらっては困る。

「今のところ檸檬は醤としての使い方をしてますけど、檸檬を刻んで肉団子に入れても美味しいです。それにおやつとして酥《スウ》とか饅頭にいれても爽やかな風味で合います!」

「なるほど、要は棗《なつめ》なんかの代わりだと思えばいいのか。だとすると、色々と作れるものが広がるな」

料理長もようやく、檸檬というものの印象が固まってきたようである。

もちろん、檸檬単体での料理も伝えておく。檸檬を砂糖水で煮詰めるジャムやピールは、檸檬料理の鉄板だろう。

ジャムは檸檬をドロドロになるまで砂糖水で煮詰めるだけだし、ピールは檸檬の皮を砂糖水で煮て乾燥させたり、砂糖漬けにしたりするだけである。

ジャムは醤の一種として、ピールは口休めや料理の素材として料理長は捉《とら》えたようで、色々と構想が広がっているようであった。


こうして檸檬料理でひとしきり盛り上がった、次の日。

屋敷に戻った利民に、早速檸檬料理を試食してもらうこととなった。あと、他の地元民の意見も聞きたいため、利民の船の船員の男たちを数人、連れて来てもらっている。

「こりゃなんだ？　見慣れねぇが」

利民がまず目を惹《ひ》かれたのは、卓の上に並んだ牡蠣《かき》フライである。

「さすがお目が高いですね、そちらは一番のお勧めの品、炸牡蠣ですよ！」

雨妹はすかさず解説を入れる。

「まずはこの二種類の醤でお召し上がりください。こちらは卵で作った醤、こちらが豆腐で作った醤です」

料理長が二種類の醤を手で示したので、利民が言われた通りに牡蠣フライにまずは卵の方をつけて、一個を一口で頬張る。

「……！」

そしてカッと目を見開き、すぐさま二個目に手を伸ばす。

「豆腐の醤も、ぜひ試してくださいね？」

雨妹がそっと告げると、利民は豆腐の醤の方をつけて食べ、一つ頷《うなず》いてからまた次へと手を伸ばす。

それを数回繰り返した後。

「こりゃあいい！　実に美味い！　牡蠣がこんな風になるなんてすげぇな！」

利民はそう言って手で膝《ひざ》を叩《たた》く。

「そんなに美味いんですかい？」

「おう、おめぇらも食え食え！」

利民に促され、他の男たちも箸《はし》を伸ばす。すると彼らも数個食べてから、口々に「こりゃあいい」「食いやすい」などと言い合っている。

確かに、せっかちであるらしい漁師にとっては、食べやすさも重要だろう。

「それにこの醤、美味《うめ》ぇなぁ！　なんつーか、癖になる」

「そうそう、家にこの醤があったら、なんでもごちそうになるぜ！」

男たちがもう卵と豆腐の醤の虜《とりこ》になっている。

「もしこれらの醤がくどく感じたら、こちらの大蒜《にんにく》檸檬の醤をお試しください」

料理長が大蒜檸檬の醤を指し示すと、利民たちは早速そちらを牡蠣フライに絡めて食べる。すると一人が、「俺はこっちが好みだ」と述べた。あっさり味が好きな人であるらしい。

「それにしてもこの衣、初めて食う食感だが、こりゃあなんで作っているんだ？」

利民が衣の食材に興味を示したのに、料理長が答えた。

「それは、饅頭《マントウ》を粉にしたものをまぶして、揚げたのでございます」

「饅頭⁉」

ギョッとするのは利民のみならず、他の船員たちも同様である。

「饅頭がこんな風になるのか⁉」

「すげぇな、饅頭！」

――そうでしょう、そうでしょう！

饅頭を褒めたたえる男たちに、饅頭大好きな雨妹は得意な気分だった。

「同じようにして小魚を揚げたのが、こちらでございます」

雨妹が小魚のフライを盛った皿を勧めると、利民たちがすぐさま箸を伸ばし、それぞれに好みの醤をたっぷりとつける。

「ほう！　小魚もこうやって食べると、なんか豪勢に見えるな！」

「むしろ食いやすくていい」

「今度から、小魚の方が喜ばれるんじゃねぇか？」

食べながら口々に言い合う利民たちだが、これまでは小魚は獲れても喜ばれなかったらしい。だとしたらこれが流行れば、漁師の稼ぎにも影響が出るかもしれない。

さて、フライ料理ばかりが注目されているが、檸檬料理はこれだけではない。

「さらにこちらは檸檬入りの肉団子の湯《タン》と、檸檬入りの饅頭、甘味として檸檬入りの豆花《トウファ》です」

料理長が他の品々を説明するのを、利民はそれぞれに取っていちいち感心している。

「檸檬てのはすげぇな、暑いとどうしても食欲が落ちるんだが、それでも食わねぇと身体が持たねぇ。それをこの檸檬が食う気にさせてくれるんだ」

利民がそう言うのに、男たちも同意する。

「確かに、暑いと飯が辛《つれ》ぇな」

「おりゃあ、久しぶりにこんなに食ったかもしれん」

肉体労働者の食欲が落ちるのは、体力減退に繋《つな》がり結果身の安全に響いてくる。彼らにとって暑い夏場の食欲増進は、重要課題なのだろう。

――ご飯が喉《のど》を通らないって、辛いよね！

美味しいものを受け付けない心苦しさは、雨妹には痛いほどわかる。ぜひこれらの檸檬料理と、あとは檸檬漬けで暑い夏を乗り切ってほしい。

ともあれ、こうして檸檬料理試食会は大成功となった。

「御遣い殿への報酬ももちろんだが、こんな知恵者を屋敷に残してくださった太子殿下には、なにか礼を考えにゃならんな！」

大満足の利民の口から、そんな話が出る。かなり機嫌がいい様子で、利民の中の太子の印象が良くなったのならば、一応太子の遣いという立場としては目出度《めでた》いことだ。

その後、檸檬料理を潘公主も気に入り、特に檸檬入りの酥が爽《さわ》やかな風味で好んで食べている。それまで嫌々ながら渋々食事するという様子が抜け切れていなかった潘公主であるので、自ら好んで食べることに、利民がホッとしていた。

潘公主の食欲改善にも、一役買った檸檬である。

第四章　雨妹《ユイメイ》、一人

現在、利民《リミン》は檸檬料理について佳《カイ》の飯屋や屋台との相談及び準備に忙しく、その話題で屋敷内は持ち切りだ。

けれど、その料理を提案したのがあの都女だという点が、屋敷の使用人の一部を微妙な気持ちにさせていた。

曰《いわ》く、魚について最も詳しいはずの佳の者ではなく、余所《よそ》者のしかも都女に口出しをされたのが口惜《くや》しい、というわけだ。

それだって、料理を作ったのが料理長であれば、彼らも「利民様が連れて来た人材だから」となんとか呑《の》み込めただろう。

しかしよりによって黄《ホアン》家が敵視している皇帝側の人間で、現在の彼らにはお邪魔虫でしかない娘である。

「なんで、あんな小娘が……」

「利民様はなにを考えていらっしゃるのか」

雨妹が屋敷内を歩けば、そこかしこからそんな言葉が囁《ささや》かれる。

そんな風に雨妹に視線が集まる一方で、利民は別件でも忙しくなっていた。

いや、正確には別件というより、本題であろうか。

いよいよ問題の海賊討伐に向けて動き出そうというのである。

しかしそれについては問題があり、今のところ海賊に利民側の情報が筒抜けであることは明らかだ。

だがそれを逆に利用して、海賊を罠《わな》に嵌《は》めて一網打尽にしようという計画が、密《ひそ》やかに練られていた。

今も利民の屋敷にて、親睦《しんぼく》会の名目で利民と副船長の二人きりでの会合が行われてる。

この副船長は利民と兄弟同然で育ってきた最も信頼のおける人物であり、この者が裏切り者であれば「己は佳を任されるに足りなかったとする」と利民に言わしめる相手であった。

それに屋敷内での情報のやり取りにも不安があるのだが、外では誰が裏切り者かわからないため、まだ敵味方が明らかな屋敷の方がいいと考えてのことである。故に親睦会でありながら、念入りに人払いをして、尚且《なおか》つ信頼する手下に話の内容は知らせないままに見張らせての会合となった。

そして話し合われている今回の計画で、乗船者に立勇《リーヨン》の名前が入っていたりする。

＊＊＊

利民と副船長による密談が行われる、前夜。

「さて、どうしたことか……」

立勇は誰もいない庭にて独《ひと》り言《ご》ちていた。

潘《パン》公主の治療というか、体力作りはある程度の結果が出ようとしている。あとは本人の努力あるのみであり、潘公主自身も続ける意思が強いようなので、これでお役御免となってもいい頃合いではある。

しかし、潘公主が病んでしまった根本的原因は解決に至っていない。

そもそもは黄家の御家《おいえ》騒動で、それに潘公主が巻き込まれた形である。それを多少なりとも楽な状況にしておかないと、また病んでしまう可能性がある。

そうなると、果たして雨妹がどう思うか？

雨妹は潘公主に妙に心を寄せている。友仁《ユレン》皇子の時もそうだったが、弱者が理不尽に虐げられているのが見過ごせない性格であるらしいことは、だんだんとわかってきていた。

潘公主のことも、きちんとした生活が確保されていることを見届けないことには、すんなりと帰路にはつけないかもしれない。

——そうなるとやはり、ある程度問題の根を枯らしておく必要があるか。

しかし、黄家の問題に明賢《メイシエン》のお付きである立勇が口を挟めば、明賢の立場が微妙になってくる。

そんな大ごとにせず、今の自分にできることといえば……。

立勇が悩んでいると。

「ふん、悩んでいるようだな、小僧」

頭上からしわがれた男の声が降ってきた。

「……！」

立勇はその声に驚いて上を見上げ、木の枝に隠れている姿を見て目を見開く。

「こちらの手の者からあなた方がいると聞いてはおりましたが。まさか……」

ここ佳に残ったのは、表立っては立勇と雨妹のみだが、実は他にも明賢が置いて行った大勢の護衛がいる。そしてその影の者たちから、自分たち以外に動いている集団がいるという報告があった。

さらにその集団は、どうやら皇帝である志偉《シエイ》が遣わしたようだ、とも。

こちらとあちらは、これまで特に接触することはせず、それぞれ独自に動いていたのだが、その志偉側の者が今、接触してきた。

それはいい、問題は――

「御大が出張っているとは、思ってもいませんでした」

立勇の驚きに、男が鼻を鳴らす。

「ふん、最近暇をしておったのでな」

――皇帝陛下の影の統領である身で、暇なわけがなかろうに。

訝《いぶか》しむ立勇に、しかし統領である男は飄々《ひょうひょう》とした様子である。

「小難しいことなどないわ、ただ陛下にここへ行けと命じられたゆえ、やってきたのみよ」

「御大自ら行けと？　遣わす理由などは告げられなかったのですか？」

この統領がどこまで知っているのかと探りを入れてみる立勇に、彼は「ふん」とまた鼻を鳴らす。

「なにゆえに命じられたかなど、疑問を持たずともよいこと。我はただ任務を全うするのみ。あの娘御がどのような女であろうとも、憶《おぼ》えのある風貌《ふうぼう》であろうとも、我には関係のないこと。何者からも守れと命じられたのであれば守る、ただそれだけよ。我らにとってはここいらの賊程度、蹴散《けち》らすくらいお安いことだ」

そう言って、統領はニヤリと笑う。

この言葉に、立勇は先日の出来事を思い出す。

「もしや、雨妹を助けたという矢は、あなた様でございましたか？」

立勇の質問に、統領が眉《まゆ》を上げる。

「全く、戦場へ飛び出すのを恐れぬとは、豪気な娘御よな」

やはりそうであるようだ。

この統領の仲間であれば、あの矢のことも納得である。そこいらの平凡な射手に、あの距離で陸地から舟の上を狙えるはずがない。

「あの程度の賊に後れを取るとは、小僧もまだまだ修行が足りぬわ」

「……精進します」

統領に告げられ、事実手助けされた立勇はぐうの音も出ない。

黙り込んだ立勇を見て、統領が肩を震わせた。

「太子殿下の腹心は行儀が良いことよ。少々宦官《かんがん》生活に慣れすぎたのではないか？　それにしても、我も久しぶりに陛下のあのような眼差《まなざ》しを見たわ。よほどあの娘御を守り抜きたいと見える」

統領の言葉に、立勇は脱力する。

──陛下……。

志偉は思いもかけず自分の近くへ帰ってきた娘が、気がかりで仕方ないようだ。そしてその娘が自分の目の届かない場所へ遠出をするのを見守っていたら、想定外の長逗留《ながとうりゅう》をすることになり、心配になって手の者を遣わせたと、そういうことなのだろう。

経緯を考えれば無理もないとは思うが、しかし統領を寄越《よこ》すとは。安全は堅いものとなるだろうが、いささかやり過ぎではなかろうか？　それに志偉自身の安全を犠牲にするなど。

──自分の身よりも、張《チャン》美人の忘れ形見の方が大事なのか。

頭痛を堪《こら》えたくなる立勇に、統領が告げた。

「とにかく、娘御の安全は保障してやるゆえ、小僧は好きにするとよい。表立って目立てる小僧だからこそ、できることがあろうしな」

この言葉に、立勇は思案する。

利民は少々うかつなところがあるものの、行動力のある男だし、民のことをよく見ている。有能な補佐さえあれば、十分に上に立つに値する男になるだろう。

そしてその補佐の一翼を潘公主が担うことになれば、最良だ。

そうなるためには、利民と潘公主の仲を確かなものとしておくべきだろう。

雨妹も心配していたが、あの二人は言葉を交わす時間が少な過ぎる。その時間の確保をするためには、利民を海に縛り付ける原因となっている海賊を捕まえなければならない。

──太子の遣いが船に乗っているとなれば、海賊どももいきり立つか？

太子の遺いとなれば、黄家よりももっと大きな金蔓《かねづる》を引き当てる絶好の機会となる。海賊であれば、それを狙わない理由はない。

そして立勇がいなくなったとなれば、公主やもう一人の太子の遺いをどうにかしようと隙を窺《うかが》っている連中も、動いてくれるかもしれない。連中を一網打尽にすれば、黄大公へのよい宣伝になるだろうか。

「それでは、ありがたく話に乗らせてもらいましょう」

立勇は御大にそう応じた。

＊＊＊

利民と副船長の密談が行われた翌朝。

雨妹が立勇から「相談がある」と言われ、厳重に人払いをして小声で言われたことは。

――は？　利民様と一緒に海賊退治？

想像もしていなかった話をされ、雨妹は目を丸くする。

なんでも利民は少々遠出の航海をするという建前で出航して、海賊退治に乗り出そうと計画しているのだという。これは身近に海賊の仲間が潜んでいることを警戒して、佳の人々の中でも利民と副船長の二人しか把握していない計画らしい。

そしてその計画に、立勇も参加しようというのだ。

「一体どういったおつもりで、そんなことを？」

雨妹がそう言うのも当然で、そもそも太子の近衛《このえ》である立勇が、利民の海賊退治に協力することにあまり得はないのだ。これはあくまで、黄家の問題なのだから。

――この人、そんなに親切心溢《あふ》れた性格じゃないし。

雨妹は立勇というか、立彬《リビン》に度々助けられているが、それだって先回りして助けて回るような行動だったわけではない。よく雨妹の近くに出現するのも太子の意思ゆえだろうことは、態度を見ていればわかる。

基本、関係ないことに情を見せるような男ではないのだ。

なのに何故《なぜ》今回、立勇があえて海賊退治に同行するのかというと。

「潘公主の体調はほぼ問題ないのなら、あとは環境が整えばいい」

こんなことを告げられ、雨妹は首を捻《ひね》る。

「環境を整えるとは、海賊を退治して、一刻も早く利民様を潘公主の下へ戻してやる、ということですか？」

雨妹が考えを述べると、立勇は「ふん」と鼻を鳴らす。

「海賊なんぞは、どうせいずれどうにかなる。どこぞの兵士崩れを連れて来ようと、所詮《しょせん》有象無象の輩《やから》が、長く皇帝陛下を苦しめた黄家の戦力に敵《かな》うはずがないからな」

「まあ、確かに」

幾ら強敵とはいえ、荒くれ者が集まっているだけの海賊が、真に統制された軍隊に敵うべくもない。それくらいは、雨妹にだってわかることだ。

「それよりもこの屋敷内外に張り付いている、敵の存在の方が問題だろう。潘公主により近しい危険だからな」

立勇はそう言って、屋敷に視線を向ける。

これに、雨妹はまたもや首を捻る。

「内側はまあ、わかりますけど。外にもいるんですか？」

雨妹の疑問に、立勇が「いるな」と頷《うなず》く。

「恐らく太子の遣いの目の前で事を起こして、利民殿の決定的な失態にしたいのだろう。例えば潘公主、もしくは太子の遣いのどちらかが屋敷内で殺害されたなら、責任問題となり確実に首が飛ぶことであるし」

なにやらえげつないことを言われた。

この例えの場合、多分殺害される太子の遣いは雨妹の方だろう。そんな状況で武官である立勇が屋敷を留守にすれば、果たしてどうなるか？　屋敷には敵にとっておあつらえ向きな二人が残ることになるのだ。

「うへぇ……」

雨妹はうめき声を上げて、嫌そうな顔になる。

要するにこの男は、雨妹を餌にして敵を炙《あぶ》り出そうというのだ。

「なんかその計画、私に酷《ひど》くないですか？」

渋面の雨妹の両肩に、立勇が手を置いた。

「雨妹よ、私もな、いい加減に、帰りたいのだ」

一言一言区切りながら告げられた。

確かに雨妹としても、この出張はちょっと長引いているなとは思う。

食事と運動指導だけで事足りればいいが、使用人がアレだと、雨妹たちが去った時に同じ環境が続くのか不安が残るためだ。雨妹たちがいなくなって再び体調が悪化して、最悪身罷《みまか》ったともなれば目も当てられない。

けれどそんな状況とはいえ、立勇は色々と立場があるので、心中複雑だろう。

なにせ——本人にはっきりと断定されたわけではないが——一人二役をしてまで太子に張り付いているのだ。太子の生命線的存在と言っても過言ではないだろう。

だから、立勇の言いたいことは理解できる。

「でもですね、そうなった場合、残される私の安全はどうなるんですかね？」

雨妹の最も心配な点に、立勇は「もちろん、ちゃんと考えてあるとも」と頷いた。

「明賢様がこの地に置いて行った人員が、私たち二人だけなはずあるまい？」

立勇の言葉に、雨妹は「やっぱり」と思う。きっと表立って姿を見せない、密偵のような存在がいるのだろう。

「そりゃそうですよね、立勇様は大事な側近ですもの」

雨妹がうんうんと頷くと、立勇はなにか言いたげにしたが、結局なにも言わなかった。

こうして、立勇は利民の船に乗って出かけて行った。

建前としては「大きな船の操船を一度経験しておきたい」ということであるという。

けれどこの建前が、どうやらあらぬ噂《うわさ》を呼んでいるらしい。

雨妹は今も利民の屋敷内を一人で歩いているのだが、その様子を周囲の使用人の女たちがひそひそと話す姿が見受けられる。

「あの娘、一人だと大した娘じゃないわね」

「捨てられたって話でしょ？　いい気味」

「あの方も都女よりも佳の女の方がいいのよ、きっと」

「あの方、このまま佳にいつきそうね」

女たちが色々言っているのを、雨妹はまるっと無視して通り過ぎる。

――彼女たちの中で立勇様は、佳の女に惚《ほ》れている設定になっているのか。

なんとも妄想が激しいことだ。

その立勇だが、彼が航海に同行するとなると、当然揉《も》めた。利民の船の船員からは、「皇族の一味が一緒だと落ち着かない」「なにか裏があるのでは？」という意見が出たそうだ。

しかし利民の「わかった」の一声で、立勇の乗船が決まった。

それが屋敷の者たちからすると謎の行動だったようで。「きっと佳の女に惚れて、彼女のために船乗り修業をする目的で同行した」という物語が生まれたらしいのだ。

そんな噂を生みながら海へ出て行った立勇だが、留守にする屋敷の使用人からは、「口煩《くちうるさ》いのが一人減ってせいせいする」という意見が大半だ。

——立勇様、ウザがられているなぁ。

使用人からすると身分が高く人を使い慣れた立勇の態度が横柄に見えるし、体格もあって威圧感が強い。仲間として一緒に働く雨妹には頼もしい男だが、そうでなければすごく邪魔、ということなのだろう。

一方の雨妹の方は、小柄な若い女だということで、少々舐《な》められている節がある。屋敷では基本、立勇と二人で行動していて、雨妹がなにか意見を通す際にも背後の立勇の威圧感を気にして話をする、という相手が多かった。

けれど一人で行動する雨妹が同じことを頼みに行くと、聞こえない振りをする人が出てきている。それが如実なのが、台所だった。

副料理長が夜逃げをした直後は静かな彼らであったが、いつになっても自分たちに被害が及ばないことに安心したらしく、態度が横着なものに戻っているのだ。

別に彼らが許されたわけではなく、新たな人材が集まるまでの繋《つな》ぎなのだが。

それはともかくとして。

潘公主がフィットネスバイクを始めて運動量が劇的に増えたので、それに伴って食事量も増やし、内容も筋肉を作る栄養を中心にすべく、料理長とこまめに打ち合わせを重ねていた。雨妹は今回、その打ち合わせのために、台所を訪ねている。

「それでよぉ」

「なんだよそれ」

「がっははは」

その台所の入り口付近で、まるで道を塞《ふさ》ぐようにして喋《しゃべ》りながら座り、野菜の下ごしらえをしている男たちがいて、台所へ入りたい雨妹にまるで気付いていないように振る舞っている。ちなみにこの男たちは、以前も雨妹を追い返そうとした者たちであった。

――ずっと同じことをやってるとか、まぁいいんだけどね。

雨妹は台所へ入ることをあっさり諦《あきら》めて引き返し、その様子を見た男たちが、「勝った！」とか嬉《うれ》しそうに騒いでいる声が聞こえる。

しかし雨妹はどうせ後で料理長と会う約束をしているので、ここで通れずとも問題ないのだ。ただ雨妹の時間が空いたので、こちらから訪ねて料理長の手間を省こうとしただけで。

それに、こうして文句を言われたり悪態をつかれるのも、仕事の一環なのだから。

「あの人たちは×、っと」

雨妹は懐から出した紙に×印をつける。

この紙は屋敷の使用人リストで、利民から渡されたものだ。雨妹の目で見て、残して使えそうな使用人を選んでおいてほしいと頼まれたのだ。

利民も使い辛《づら》い者たちを解雇して人員を入れ替えるつもりではあるのだが、いかんせん忙しくて未《いま》だに人集めが完了していない。使用人任せにしてもいいのだろうが、屋敷の現状に鑑みて、当てにしない方針のようだ。

となると、新しい人員が補充されるまで、邪魔をする者であってもいてもらわなければ、屋敷が回らないわけで。

そこで、雨妹の存在がいい判断材料になるということで、雨妹に普通に応対する使用人は、今後も使える人員となる。

そんなことをせずとも、手っ取り早いのは、利民が新しく入れた以外の使用人を総入れ替えすることだろう。しかし使用人の立場からすると、勤め先を解雇されるのは人生の傷となる。

特に黄家というこの地域の支配者の屋敷を解雇になったとなれば、以後の人生が辛いものになることは間違いないだろう。解雇になった話はあっという間に広まり、新しい仕事など早々に見つかるものではない。

そうなると黄家――その中でも利民や潘公主に恨みを抱く者が出てくることとなる。その際に最も標的になりやすいのは、弱者である潘公主だ。利民はそれを少しでも避けたいということか。

雨妹としても、そんな後味の悪いことを防ぐために、こうして協力しているというわけだ。

――それにこの連中、明らかに誰かの後ろ盾がありそうだし。

雨妹は今まで自分が×をつけた名前を確かめる。

いくらここが黄家の領地で、皇族に反感が強い土地柄だったとしても、権力者に楯突《たてつ》くのはやはり危ない行為だ。普通なら、せいぜいが遠巻きにする程度だろう。

それなのにあの料理人の男たちを始めとした数人は、あからさまに太子の遣いをないがしろにしてくる。それはたとえここで解雇になっても、今後の生活の保障がされているからだろうと予測されるのだ。

——多分相手は、利民様の伯母さんとやらかな。

攻める際に敵の内側から工作するのは、戦略としての常套手段《じようとうしゆだん》なので、別段おかしな話ではない。雨妹は伊達《だて》に前世で華流ドラマオタクをしていたわけではない。華流ドラマには戦のシーンも多く、そうした戦術・戦略に詳しくなるものなのだ。

利民が長い航海に出てしばらく戻らないということで、屋敷の中はすっかりだらけきった空気が蔓延《まんえん》していた。

まるで「ここはあなた方の実家ですか？」という程に、まあ仕事をしないことと言ったら、この場にもし楊《ヤン》がいたら雷が落ちまくるだろうこと請け合いだ。

雨妹の身の回りはもちろん、潘公主の周辺も世話が滞っている。

しかし潘公主は現在、人と会わないようにしているので、人員が来ないことは悪いことというものでもないのだ。それに掃除や食事の配膳《はいぜん》などは、雨妹がやれば困らない。

ただ、潘公主の小間使いみたいなことをしている雨妹を見て、屋敷の使用人がせせら笑っている。

彼女たちは全く見当違いな優越感に浸っているということに、雨妹が屋敷にいる間に気付くことは恐らくないだろう。

そんな「でっかい実家」状態であった屋敷であったのだが。

「早く、早く！」

「その花はこちらに！」

突然使用人たちが慌ただしくなり、掃除やら花を飾るのやら忙《せわ》しく働き出した。

――なんだ？

一瞬、利民がもう戻るのか？　と思ったが、主《あるじ》の帰宅でこれほどバタバタしている様子を、これまで見たことがない。

となると、客人でも来るということだろうか？　しかし、主不在の屋敷に客人が来るなんてことがあるだろうか？　もしそのような事態であるとしても、事前に利民からなんらかの話がされているはずだ。

けれど今回の来客で怪しいのは、家令が潘公主の下へ指示を伺いに来る様子が全くないことだ。

――もしかして、これって……。

雨妹がとある可能性に思い至った時、ちょうど眺めていた窓の外に、屋敷へと続く道をこちらへと向かってくる軒車《けんしゃ》が見えてきた。

しかも、どこかで見た覚えのあるような派手な軒車で、あれは黄家のものだと、太子が言っていた覚えがある。

「やっぱりだったか」

話の流れがなんとなく掴《つか》めた雨妹はどうしようかと一瞬悩み、屋敷の正面口が窺《うかが》える場所まで行ってみようと思い立つ。

雨妹の立場としては、堂々と見に行ってもいいのだろうが、今回はこっそりと覗《のぞ》き見《み》をすることにする。

――偵察だ、偵察！

というわけで、雨妹が正面口を見渡せる玄関広間の二階の柱の陰から、ひっそりと様子を眺めていると、屋敷中の使用人がほぼ全て集まったかのように、ズラッと並んで客人を迎えていた。まるで、太子が来訪した時のようである。

使用人たちの先頭にいるのは、屋敷の家令である。

あの派手軒車が正面口に停《と》まるのを、全員が叩頭《こうとう》したまま待ち、やがて停まった軒車の扉が開かれ、降りてきたのは女であった。

「これは黄県主、ようこそお越しくださいました」

家令が微《かす》かに頭を上げて挨拶《あいさつ》を述べ、再び地面に額《ぬか》ずく。

――あれが、利民様の伯母様だという黄県主か。

黄県主はほっそりとしていて色白と顔色の悪いのと紙一重な、百花宮《ひやっかきゅう》でよく見る妃嬪《ひひん》のような容姿で、衣装も百花宮でよく見る意匠であった。

なるほど、ここまで百花宮風に寄せているのでは、よくよく百花宮へ入れなかったことに劣等感があると見える。

それにしても早くも噂の人物の来訪とは、全くもって出来過ぎた筋書だ。本当に立勇が描いた通り、敵の大物が釣れてしまった。

「全く、いつ来ても潮臭いこと。こんな所までわざわざこのわたくしがやってきたのだから、利民はもっと盛大に持て成すべきではなくって？」

そう言いながら扇で扇《あお》ぐ黄県主に、家令が額ずいたまま告げる。

「申し訳ございません、利民様は現在長く屋敷を空けているところでございまして」

家令の言葉に、黄県主が「あら、そうなの？」と驚く。

「まあいいわ、あの小僧が間が悪いのはいつものことですもの。それにしても客への配慮もできないような頼りない小僧に佳を任せるだなんて、父上も耄碌《もうろく》したものね」

「そこへ黄県主の御来訪、我々も頼もしく思います」

「そう？　ホホホ……！」

機嫌よく笑う黄県主に対して、使用人たちは叩頭したままじっとしている。

この一連の様子を見ていた雨妹は、呆《あき》れてしまう。

——なに、この茶番？

家令と黄県主の会話のお芝居感というか、台詞《せりふ》を棒読みしているみたいな会話が上滑りしているように聞こえる。

それにしても、化粧臭い。雨妹が潜む二階にまで、化粧の臭いが漂ってきて、胸焼けしそうになるのだ。これだったら、利民が潘公主の仕上がりについて念を押すのがよくわかる。潮の香りに慣れた利民の鼻には、この化粧臭さは害悪以外の何物でもないだろう。

「お母様、わたくし、早く休みたいわ」

そんな中、続いて出てきたのは、黄県主にそっくりな娘であった。恐らくは黄県主の息女であろう。

「そうね、早く案内してちょうだい」

「は、こちらへどうぞ」

黄県主に告げられ、家令だけが身を起こして屋敷内へと先導する。他の使用人たちは、黄県主の姿が見えなくなるまで、叩頭を解こうとしない。

――太子殿下が来た時よりも恭しくしてない？

まあ太子の時は、太子が楽にするように早めに言ったということもあるのだろうが。それでも使用人たちの中での、尊ぶ相手の順位がわかろうというものだ。これだけ黄県主に恭順な人材が揃《そろ》っていれば、潘公主が苦戦するのも無理はない。雨妹も、さすがにまさかここまでとは思わなかった。

利民は、慣れた古株の家人は父親が連れて行ったと言っていた。そして大急ぎで人員補充をしたのだと。その人員補充のドサクサで、黄県主の手の者がどっさりと入って来てしまっているのではないだろうか？

もしかすると、利民の父親から利民への佳の統治の移行は、雨妹が考えていたほどすんなりとはいかなかったのかもしれない。黄県主が一族に根回しをして、一度は佳の支配者の座を手に入れかけたのだとしたら、屋敷にここまで黄県主派に入り込まれているのもわかる気がする。

そして当初そのことを、普段船にいることが多い利民は、さして問題だと考えなかったという可能性が大きい。

——潘公主ってば、かなり危うかったんじゃないのさ！

雨妹はこの囮《おとり》役、かなり骨が折れそうな気がしてきた。


黄県主が屋敷に入り、叩頭していた使用人たちもすぐに解散となったので、雨妹もその場から退散したのだが、なんと、黄県主側から早くも接触があった。

それは、家令が黄県主からの「お願い」を告げに来たとのことだったが。

「はい？　なんと申されますので？」

雨妹がきょとんとして問い返すのに、にやけ顔の体格のいい男の使用人を数人、背後に控えさせた家令が同じ言葉をもう一度繰り返す。

「黄県主と御息女様がこちらとお隣の部屋をご所望ですので、部屋を空けていただきたく参りました」

家令の言葉には「申し訳ない」的な表現はなく、表情も全く申し訳なさそうでもない。退去が当然と言わんばかりの態度である。

ここと隣とは、すなわち雨妹と立勇に与えられた部屋であった。

「その場合、部屋を明け渡した私は、どうなりますので？」

「さぁ？　お好きになさればよろしいのでは？　ですが、利民様もあなたの上役もいらっしゃらないとなれば、当屋敷であなたを優遇する必要性はありませんので。ああ、物置であればお好きにどうぞ」

雨妹の質問に、家令が滑らかに口を動かすが、彼の中では雨妹と立勇の立場は、立勇が上であったようだ。そして、利民も立勇もいないので、雨妹に無駄飯を食わす義理はないと言いたいらしい。潘公主は皇帝の娘という身分であるので、家令がこうした態度をとるのは危ないが、雨妹であれば所詮《しょせん》皇族の威を借る小娘だと安心したのだろう。そして皇族の威である――と使用人たちが考えている立勇がいないので、か弱い小娘には腕力に訴えればどうにでもなるということで、背後の男たちを連れているのだろう。

全く、舐《な》められたものだ。

それに部屋から追い出すだなんて、以前に大部屋から雨妹を追い出そうとした梅《メイ》とやってることが同じで、なんだか懐かしい気持ちにすらなってくる。

「仕方ありませんねぇ」

雨妹は「ホゥ」と弱々しく息を吐いた。これに、家令が「勝った！」という顔になる。

「では、早速荷物の移動を……」

「あなた、これから黄大公の下へ文を出して、このあなたの申し出について黄大公からの申し開きがあるかどうか、伺ってくださいますか？」

背後の男たちに命じようとしている家令に、雨妹が告げた。

「……は？」

今度は家令がきょとんとする番である。

反応の鈍い家令に、雨妹は「あら、耳が悪いのですか？」と気遣いつつも告げる。

「これから黄大公へ文を書きますので、これを出して返答を貰《もら》ってくださいい。『太子の遣いである この私を追い立てるような真似《まね》をして、また徐州《ジョシュウ》を戦地にしたいご様子のようですね』と」

「え、あ？」

雨妹がなにを言っているのか、理解できない様子の家令だが、雨妹は構わず話を続ける。

「私がここにいるのは太子殿下に頼まれたからであり、その太子を遣わせたのは皇帝陛下であり、皇帝陛下と話を通されたのは黄大公でございますでしょう？　では、その黄大公がわたくしの身の振り方を決めていると言っても過言ではありません」

「そんな話、大げさに言うと恥をかきますぞ」

家令は雨妹が法螺《ほら》話でもしているのだと言いたいらしいが、雨妹はニコリを笑みを浮かべてまだまだ続ける。

「ああちなみに。黄大公がまた戦がしたいと仰《おつしや》ったとなると、こちらとしては宣戦布告とみなしまして、当然その先触れを持って来たあなた方の首は飛ぶでしょうね？　なにしろ皇帝陛下は苛烈《かれつ》な御方でございますので、侮辱を決して許しません。首を持ち帰らなければ、私が叱られてしまうでしょうし、見過ごしてやるわけにはいきませんよね？　ああもしや、ご自分の首が戦端を開くきっかけになるなんて、いっそ光栄とお思いでしょうか？」

「そんな、冗談が過ぎる……」

家令が自然と首を撫《な》でながら、乾いた声を絞り出した時。

タァン！

風を入れるために開けていた窓から飛んできた小刀が、家令のすぐ傍《そば》を通り過ぎ、背後の壁に突き刺さった。

しかも、家令の首の薄皮を微かに掠《かす》めて。

――お、護衛の人が仕事した！

いい感じに気の利いた援護である。

ちなみに立勇から告げられた陰から護衛をしてくれている人とは、文で挨拶を交わしていたりする。あちらからは「安全を大いに保障する」とだけの短い文面であったが、確かに誰かいるのだという安心感は得られた。

ピクリともその場から動けないでいる家令に、雨妹は告げる。

「もしや、既に黄大公からの文があって、それを持っていらしたのですか？　では、拝見いたしますので早く出してくださいな。ああそれと、首壺《つぼ》はこちらできちんと用意しますので、ご心配なく」

「ひいぃ……⁉」

首壺と聞いて、背後でニヤニヤしていた男たちが、顔色を真っ青にしてこの場から逃げていく。

――全く、偉そうにしている人ほど、根性無しなんだよねぇ。

あれくらいの脅しでこれでは、護衛も脅し甲斐《がい》がないことだろう。もっと武力行使的な脅し方法だって考えてくれているようなのに、今のところ、脅し効果のほとんどは雨妹の舌先三寸での恐怖が主である。

ところで、男たちに逃げられて一人残った家令は、逃げなかったというより、首の薄皮を切り裂かれた恐怖で、硬直して逃げられなかったという方が正しいだろう。

しかし、このまま黙っていては拙《まず》いということはわかったようで。

「いや、ああ、御息女様の所望された部屋は、ひぃっく！　こちらではなかったかもしれません。うっかりしておりました」

恐怖のせいか、しゃっくり交じりの奇妙な言い方だったが、かろうじてそうとだけ言ってきた。

「あら、そのような記憶違いをしてしまうとは、いけませんね。隠居を考えられてはいかがですか？」

「し、ひゃっ、しつれい、します」

雨妹の嫌味にも、もうなにも返せず、そそくさと退散していく。

こうして、静かになった部屋の中で、雨妹はため息を吐《つ》く。

──全く、ヘタレ過ぎじゃないの？

皇帝と領地争いでしぶとく競ったという武闘派な黄家の、若君が住まう屋敷の家令として、アレはどうなのか？　力不足にも程があるだろう。

いや、あの家令が黄県主のために働いているのならば、あまり武闘派で頭が切れる人だと、黄県主には御しきれなくなった時に歯向かわれるかもしれない。そういう危険を回避して人選したら、自然とああいう質《たち》の人物に行き着くのかもしれない。

悪だくみも、やる本人に人を従わせるだけの力と気概が備わっていないと、人材集めは捗《はかど》らないということか。

しかしそれでも利民はそれなりに追い詰められているのだから、黄県主側も上手《うま》くやっていたのだろうが。

――利民様ってば、お嫁さんを貰うのにワクワクしすぎて、隙だらけだった時期があったとか？

そのあたりは不明だけれど、今なら皇帝がちょっとその気になれば簡単に佳が手に入る気がする。まあ佳だけ手に入っても、海や船に関する知識や技術が皇帝側に足りないせいで統治が難しいため、手に入れる旨味《うまみ》が少ないかもしれないけれども。

それにしても、これは海賊退治から戻った利民は、ちょっと本気を出して、超特急で屋敷内を総入れ替えする必要があるだろう。

さてそして、利民が戻るまでに幾人、屋敷の使用人が夜逃げをすることになるだろうか？

こうして黄県主との初接触は、雨妹の勝利に終わったのだが。

黄県主とその息女がやってきて二日目になるのだけれど、屋敷に滞在しているもののなにをするでもなく、出て行く様子がない。

実は黄県主は滞在初日に、雨妹と家令越しにやり合った後、潘公主にも接触しようとしたのだが、生憎《あいにく》と潘公主は只今《ただいま》面会謝絶中なので、雨妹と芳《ファン》できっちりお断りした。

けれどこの時、黄県主側がもう少しゴネるかと思ったのだが、そうでもなくあっさりと引き下がったので、雨妹としては肩透かしを食らった気分である。

雨妹は潘公主から聞いていたこれまでの黄県主訪問時の様子から、今回の訪問理由もてっきり、潘公主を虐《いじ》めてスカッとしに来ているとばかり思っていたのだ。

どうもあちらの動きが読めない。

そんな風に、屋敷内で妙に静かな空気の漂っていたのだが……。

「お茶会、ですか？」

「はい、黄県主がぜひに、御遣い殿をもてなしたいと仰っております」

雨妹を廊下で呼び止めた使用人の女が、にこやかではないが嫌々な顔を我慢しているといった様子で、そう告げてきた。無表情を作れるほど表情筋の管理ができていないあたりが、未熟である。

――へぇ、お茶会に招待かぁ。

どういうつもりか知らないが、これまでの経緯を考えて「仲良くしましょうね！」という趣旨のものであるとは考え辛い。

怪しい会合は断るのが正解なのかもしれないが、「虎穴にいらずんば虎子を得ず」とも言うことであるし。

「わかりました。お伺いいたしますので、時間を後ほど伝えてください」

雨妹はこの話に乗ってみることにして、了承の返答をしたのだった。

百花宮ではお茶会とは無縁な下っ端宮女であるはずの雨妹であるが、なんの縁かお偉い方のお茶の席に誘われたことは度々ある。あの時は多少の無礼は許されていたものの、要はあの時のお偉い方の真似をしていればいいのである。

――うん、今回はお茶請けを食べるのは我慢して、お茶だけ飲んで帰ることにする！

お茶を飲むだけならば、辛うじてボロが出ない気がする雨妹であった。

というわけで、雨妹は指定された時刻に、黄県主が滞在する部屋に面する庭園へとやってきた。

大きく張り出した屋根が作った日陰でお茶会をするようで、卓が設置されて茶器などが用意されていた。確かに屋内にいるよりも、こちらの方が風が当たって涼しい。

雨妹が現れたことに気付いた黄県主が、にこやかに出迎える。

「御遣い様、よくぞ参られました。どうぞこちらへお座りになってくださいな」

そう言いながら手招きして、お茶の用意がされている卓へと誘う。

この場には黄県主だけで、娘の方はいないようだ。

「黄県主、お招きありがとうございます」

頭を下げずに礼を言う雨妹に、黄県主がピクリと眉《まゆ》を上げた。

雨妹としては立勇からさんざん「頭を下げて挨拶《あいさつ》するな」と指導された賜物だが、黄県主はこちらがへりくだらなかったことが不満なようだ。

けれど、すぐに表情を取り繕って再びにこやかになった。

「本当に、都からわざわざこのような場所まで来るなんて、変わった方ですこと。そうそう、なんでもわたくしの出来の悪い甥《おい》が、多大なるご迷惑をおかけしているのでしょう？　嫌なことがあるならば、遠慮なくわたくしに申してよろしいのよ？」

黄県主が、丁寧な言葉遣いながらも雨妹を見下げてくるという器用なことをしている。それに佳を「このような場所」呼ばわりするのは、現在統治している利民をあてこすっているのか、黄県主の嫌いな潮臭さを厭《いと》ってのことか。恐らくは両方だろう。

「いえいえ、こちらの黄夫妻にはよくしていただいておりますので。それに潮の香りには異国の匂いが混じっている気がして、情緒をくすぐられますね」

雨妹もにこやかに応じる。

「アンタには情緒なんてわからないだろうけどね！」と言われたも同然の黄県主が、頬を引き攣《つ》らせている。

——前世で女が多い職場に長く勤めてしぶとく長生きした私に、口で容易に勝てると思わないことね！

とりあえず雨妹がお茶会初戦の舌戦で勝利を収めたらしいところで、お茶が運ばれてきた。

ずいぶんと香りの強いもののようで、離れていても香りがわかるそのお茶を、黄県主のお付きの一人である娘が毒見をしてみせた後、黄県主と雨妹の前に並べられる。

しかしそこで、「あら？」と黄県主が声を上げる。

「お茶請けが用意できていないではないの。どうしたのかしら？」

そう言って黄県主が席を立ち、卓から離れる。使用人に確認へ行っている間、しばしその場に雨妹一人になる。

「ごめんなさいね、台所で手違いがあったようだわ。全く、きちんと教育できていないみたいで、我が甥ながら恥ずかしいこと」

黄県主がそんなことを話しながら戻って来て座り直し、自分のお茶を手に取って口を付けたところで、再び「あら？」と声を上げた。

「お茶からおかしな味がするわね。どうしたのかしら？」

眉をひそめる黄県主に、先程毒見をした娘がサッと顔色を変える。

「誠でございますか⁉　毒見ではそのようなことはございませんでしたのに！」

そう叫ぶ娘の前で、黄県主がヨロッとして卓に手をつく。

「ああ、なんだか身体《からだ》が痺《しび》れてきたわ……」

「まあ、まさしく毒でございますね⁉　なんということでしょうか！」

悲鳴交じりのお付きの娘が、ハッとした顔で雨妹を見た。その視線を、黄県主が追う。

「そう言えば、先程わたくしが席を立ったので、御遣い様は卓に一人きりだった。まさか、その隙に……⁉」

黄県主が恐怖におののく表情で、席から崩れ落ちるように倒れた。

「なんという、なんということを⁉」

お付きの娘も恐怖に震える。

――なるほど、そう来たか。

どうやら、第二の茶番劇の開幕のようだ。

黄県主が立てた筋書を想像するに、雨妹が毒を盛って黄県主を害そうとしたという風に持っていきたいのではないだろうか？

――道理でそこいらの使用人に聞けばいい用事で、わざわざ席を外したはずだよね。

黄県主は先だって雨妹を部屋から追い出そうとしたら失敗したため、自分たち側から事を起こす手を使うのは拙いとでも考えたのだろう。

ならばその逆の状況を使って同じように責めてやれとばかりに、次は雨妹が事を起こした風に仕向けるつもりのようだ。

とはいえ、さてどうするか？

毒騒ぎは、前世の華流ドラマではお約束的事件であったが、いざ自分が対処する側になったとなると、非常に面倒臭い。なにせここには事件解決に尽力してくれるような、親切で探偵気質な人間などいないのだから。毒探しもなにもかも、雨妹が自力でやらねばならない。

「そうは言われても、私には黄県主に毒を盛る理由など、持ち合わせておりませんけれど？」

雨妹がまず己がやっていないことをキッパリと告げた、その時。

「う……？」

何故か、黄県主が急に顔色を変えた。

黄県主は地面に崩れ落ちた体勢のまま、口元へ手をやり、なにかを堪《こら》えるような様子を見せる。すぐに立ち上がろうとするものの、うまく身体に力が入らないようで、仕方なく這《は》うようにしてその場からどこかへ行こうとしていた。

「どうなさいました？」

そんな黄県主を、お付きの娘や使用人たちが不思議そうに見ている中。

「……！」

黄県主の身体が震えたかと思ったら、突如その場で大きく嘔吐《えず》いた。

「ひぃっ⁉」

「ぎゃぁ⁉」

突然のことに、お付きの娘も使用人も悲鳴を上げる。

「う、ぐっ……」

しかし黄県主の嘔吐きは止まらず、苦しそうに呻《うめ》く。

――これは……。

衝撃の光景にその場から逃げ出す使用人たちがいる中、雨妹は一人、黄県主へ駆け寄っていく。

「黄県主、どうなさいました？」

雨妹が声をかけながら背中をそっと撫《な》でると、黄県主はまた大きく嘔吐く。横から覗《のぞ》いた表情は苦しそうにしていて真っ青で、あと、微かに黄県主からとある香りが漂う。

――嘔吐きや悪心のような症状は、アレが原因か⁉

雨妹は素早く判断を下すと、顔を上げて周りを見渡し、使命感からか野次馬根性ゆえかは知らないが、未だ残っている者たちに告げる。

「あなたたち！　黄県主を早く洗手間《シーシヨウジエン》に連れて行って差し上げなさい！」

「は？　え？」

彼らは、こんな場合でも雨妹が命令してきたことに不満そうだ。雨妹は状況が全く読めていない様子にイラッとしながらも、言葉を続ける。

「黄県主の誇りを汚《けが》さないため、お早く……いや、やはり私が運びます」

雨妹は持っていた手巾《しゅきん》で黄県主の顔を整えてやると、使用人に身柄を渡そうとしたが、考え直して自分で黄県主の身体を抱え上げた。

ここに残っているお付きの娘や使用人の女たちで、黄県主を運ぶとしたら数人がかりであろう。それだとどうしても乱暴になる。男の使用人に身柄を預けることも、今回はできる限り刺激を与えないように静かに運ぶ必要もあることを考えると、そんな繊細な動きができる者がいるか謎である。なにせ家令があのヘタレぶりであるので、雨妹は基本的にここの使用人の質を信用していなかった。

「は、ちょっ……」

連中は勝手に黄県主を抱えて歩き出した雨妹に、一瞬なにか文句を言おうとするものの、今の黄県主に近寄るのも遠慮したいという気持ちの表れだろう、結局口をつぐんでしまい、雨妹の後を急いで追いかける者は誰一人としていない。

黄県主本人は、もはや誰になにをされているのかがわからない状態らしく、意味不明なうわ言を呟《つぶや》くばかりだ。

やがて最も近くにある洗手間まで辿《たど》りつくと、そこへ黄県主を入れてやる。

「戸を閉めますので、楽になってくださいね？」

そう言い置いて戸を閉め、洗手間から離れる。

そこでようやく、お付きの娘と使用人たちが追いかけてくるのが見えたので、雨妹は一旦《いったん》彼らに様子見を任せることにした。

そして大騒ぎしている辺りから距離をとって、静かな場所まで来ると。

「さぁて」

雨妹は懐から、二つの小瓶を取り出す。

これは先程どさくさ紛れで、黄県主の服から掠《かす》め取っていたものだ。

——黄県主から臭ったのは、コレか。

その小瓶を目の前に掲げると、微かに異臭が漏れ出ている。小瓶の中身は濁ってドロリとした液体で、蓋《ふた》を開けると強烈な腐臭がした。

「うん、間違いなく腐っているわコレ」

黄県主の体調不良は、ズバリ食中毒であろう。

食中毒の原因となる菌は数あれど、短くても数時間程度の潜伏期間があるもの。となると少なくとも、数時間前に摂取していたことになる。そして黄県主は雨妹相手に毒を仕込んだ疑惑を被《かぶ》せようと画策していた模様である。ということは、あのお茶から毒が発見されるように、あらかじめ仕込んでいた可能性は高く、それを自ら飲んでみせた。

こうして自ら毒を飲む数時間前に摂取するものとは、果たしてなにかと考えると、自然と辿りつく答えは一つ。

——解毒剤かな？

しかしそれも、腐ってしまっていては判明可能かはわからないが。

それを言うと、あのお茶の毒だって同じことで、毒で具合が悪いのか食中毒が原因かは、この国の技術では見分けることは難しいだろう。

けれど黄県主の当初の言動からすると、彼女は少なくとも自分が飲んだのが毒、それも麻痺《まひ》系の毒であると信じていたのだろう。しかも自ら飲んでみせるのだから、命に別状のない軽度な毒だったはず。そして万が一を考え、毒と一緒に解毒剤も手に入れていたと考えるのが自然だ。

それにしても、毒にしても解毒剤にしても、水薬の状態で持ち歩くなんて。冷蔵庫なんて便利なものはないこの国で、この暑さの中に長時間置いておいたら、あっと言う間に腐敗するに決まっているではないか。

しかも、腐ったものをそのまま使うだなんて。

――もしかして、腐った臭いを知らなかったとか？

毒や薬だから刺激臭がするのか、くらいに考えていた可能性もある。だとしたら、腐った臭いを誤魔化すための、あの香りの強いお茶だったのだろう。

己の計画が、まさか毒が腐ることで台無しになるなんて、黄県主は想像もしていなかったに違いない。

小瓶についての観察を終えたところで。

雨妹は黄県主の様子を窺《うかが》いに戻った。

すると案の定というか、なんというか。逃げ出した連中も戻って来たようで、大勢が洗手間を取り囲んでいるのだが、現状を持て余しているようで、皆右往左往している。

黄県主のお付きも、いい家の娘なのだろう、黄県主が籠《こも》った切り出てこない洗手間を、遠目に眺めるばかり。

——全く、どいつもこいつも！

雨妹はそこいらの部屋から広めの敷布を拝借すると、怒りのままに彼らを乱暴にかき分けて行き、洗手間の前で仁王立ちになった。

「あなた方は、沐浴場《もくよく》の準備を、あなた方は、洗手間が見えないように布かなにかで遮ってください！　わかりますよね？　黄県主の尊厳を守るためです」

「は、はいぃ……」

「……」

雨妹が一同を見渡しながら睨《にら》みを利かせると、使用人たちは怯《ひる》んだように、お付きの娘はわけがわからない様子で、とりあえず言われた通りに動き出す。

そして雨妹自身も、洗手間の戸越しに声をかける。

「黄県主、どうですか、楽になりましたか？」

しかし、これについての返事はない。

「……開けてもよろしいですか」

雨妹が一言断って戸を微かに開けて中を覗き見ると、黄県主は洗手間の中で倒れていた。気を失っているようで、ぐったりとしている。

――身体の中のものを強制的に全部出しちゃうんだから、こうなるよね。

雨妹は他の連中に見えないように戸の隙間から中へ入って素早く閉めると、持って来た敷布で黄県主を全身まるごと包んでしまい、洗手間から出す。

「うっ……」

刺激臭を放つ黄県主に、使用人ばかりかお付きの娘まで顔をしかめて背けている。

そんな彼らを、雨妹は「しっかりなさい！」と叱りつける。

「さあ、しっかりと目隠し布を持って！　そのままついてくるんです！」

雨妹が再び強い視線でジロリと睨むと、彼らは竦《すく》み上がる。

黄県主自身が招いたこの状況がたとえ自業自得であるとしても、病人を卑下するような態度は言語道断だ。

こうして沐浴場の前まで辿りつくと、黄県主のお付きの娘もさすがに雨妹が黄県主の沐浴の手伝いをするのは拙いとわかったのか、諦《あきら》めた様子で敷布で包んだままの黄県主の身柄を引き受け、沐浴場へと連れて行く。

――さて、この間にっと。

雨妹は経口補水液を用意しようと、台所へと急ぐ。

水分まで全て出してしまったのだから、早急に補充しなければ脱水症を起こしてしまう。

けれどここで中身を疑われて問答をするという余計な時間をかけたくなかったため、あえて台所から水と塩と砂糖を持って来て、沐浴場の外で待機というより、なんとなくたむろしていた使用人たちに材料を確認してもらい、目の前で作ってみせる。

「今見てもらったように、中身は水と塩と砂糖だけです。これを意識が戻った黄県主に飲ませてください。水を飲ませるよりも、身体に良い水分ですから。少量ではなく、飲めるだけ飲んでいただくのです。わかりましたか？」

雨妹がそうまくし立て気味に言うと、彼らはただコクコクと頷《うなず》くことしかできない。

――ここまでやれば、さすがにもう大丈夫かな？

雨妹はそう判断して、ようやく黄県主を囲む集団から離れた。

雨妹に縋《すが》るような視線を感じるが、無視である。本来ならば、黄県主のお付きが全てを主導して行うべきことなのだから。

雨妹がこれから早急にやらねばならないことは、恐らくはこの騒ぎが聞こえているであろう、潘公主への説明だ。

というわけで、雨妹は一旦自室に帰って服を着替え、全身の消毒もしてから、潘公主の下を訪ね、お茶会での騒動を報告した。

別に「毒を盛ったのだと疑われかけましたが、その毒が腐っていたので大変なことになりました」などと、素直に言う必要はない。

「黄県主がお気に入りで、持ち歩いていたらしい調味料が、どうやらこの暑さで腐敗していたようでして。それが原因で食中り《しょくあた》騒動が起きました」

そう説明したものの、潘公主には食中りがピンと来ないようだったので、腐敗して毒素が発生した食物を口にして体調を崩したのだと説明を加える。

「暑いと、生ものは腐敗しやすいものですから。どこでも台所ではこの時期特に気を付けているようですね」

雨妹が百花宮の美娜《メイナ》の様子を思い浮かべながら話すと、潘公主は「まあ、そうですの？」と首を傾《かし》げる。

「こちらでご用意したものであれば、台所の者に気を付けるように注意するのでしょうけれど。ご自分で持ち込まれては、こちらも気を付けようがないものね」

「まことに、そうですね」

潘公主からは屋敷の台所でも重々気を付けると同時に、もしやその調味料とやらを譲ってもらっていないかという心配があったので、雨妹は潘公主に「調べてみます」と答えて、台所へと向かった。

もちろん、調味料がどうのという用事ではない。

台所も他同様に騒がしかった。

特にお茶会での出来事であり、聞かされた情報が少ないこともあって、「もしや台所で用意したものに不備があったのでは？」と疑っているのだ。

「この場合、誰が責任をとるんだ？」

「当然、料理長だろう？」

「けど、もしかして連帯責任とか……」

台所番たちがひそひそと話し合う中、料理長は奥で夕飯の仕込みに忙しい。

――アンタたちも、喋《しゃべ》ってばかりいないで手伝いなさいよ！

雨妹は呆《あき》れながら、雨妹が台所に入って来たことに気付きもしない連中の横を通り抜け、料理長の下へ向かった。

「どうも」

「おう、お前さんか」

雨妹が短く挨拶《あいさつ》をすると、料理長は作業の手を止める。

「なんか大ごとがあったみてぇだな？」

そう尋ねてくる料理長に、雨妹は「それなんですけどね」と言って、懐から手巾に包んでいるあの小瓶を見せる。

「これ、なんだと思います？」

料理長が触らないように気を付けながらかざして見せる雨妹に、料理長は首を捻《ひね》る。

そう、ここへ来たのは、料理長ならなにか気付かないかと思ってのことだ。

これが百花宮ならば、陳《チエン》に尋ねに行くところだが、生憎ここに陳はいない。ならば食物の専門家の一人である、料理長に試しに聞いてみようと思ったわけである。

「まあ、見るからに腐ってるのはわかるが……、きのこの香りが微かにしなくもないか？」

雨妹としてはわからなくて当然の駄目元でやってきたのだが、なんと料理長から情報が出た。

「確かに、そう言われてみればきのこっぽいですかね？」

それに毒といえば毒きのこかもしれない。毒きのこから抽出した汁を薄めたものでも入っていたのだろうか？

「もしかして、それが騒動の種か？」

料理長が周囲の台所番を気にして、小声で尋ねてくるのに、雨妹がしっかりと頷く。

「出所がこの屋敷に元からあったものではないことは、保証します」

「そりゃあよかった。ウチじゃあない自信はあったが、気を揉《も》んだぜ、全く」

料理長がホッと息を吐いて、肩から力を抜いた。やはり心配していたようだ。

「で、そりゃあどうするんだ？」

「そこいらで処分します。また妙な被害を出してはいけませんし。ちょっと考えます」

なにせ元は毒なので、燃やしたはいいものの気体が毒成分を含んでいては目も当てられない。かといって埋めて地下水に毒素が混じってもいけない。

なので、護衛の人にでも任せようかと思っている。

「おう、だが魚でも毒のある内臓の処分を漁師に任せるからな。持て余したらソイツと一緒に預けてやるよ」

なんでも専用の焼き場があり、そこで灰にしてから、これまた専用の捨て場に埋めるのだという。

「わかりました、その時はお願いすることにします」

料理長にそう言われ、雨妹はペコリと頭を下げてから、台所を後にした。

この小瓶は結局、護衛の人に預けて処分してもらうことになる。なんでも彼らでも独自に毒の処分方法があるのだという。


そしてこの騒動の二日後、黄県主は夜も明けきらぬ時刻に、屋敷から去って行った。

あの後滞在を続けるのは、いたたまれなかったようだ。

そして黄県主同様に、屋敷から姿を消した使用人が数人出た。いなくなったのは全て黄県主のお茶会の現場にいた者たちで、どうやら黄県主の失点を目撃したことで、恨まれて命が危ういのではないかと恐れたようだ。

こうやって多数の夜逃げ者を出したところで、黄県主の電撃訪問は幕を閉じたのだった。

＊＊＊

佳から大急ぎで遠ざかっていく、一台の軒車がある。

その中では、黄県主が憔悴《しょうすい》した様子で、しかし目をギラつかせていた。

「許さない、あの小娘が、このわたくしに恥をかかせるなんて……！」

そう恨み言を漏らす黄県主は、思えば今回この屋敷を訪ねた当初から、予定が狂っていた。

黄県主はいつも佳を訪れた際、利民の屋敷に滞在する。

というより、黄県主にとってこの屋敷はあくまで、黄家の別邸でしかない。そこを利民が我が物顔で、自宅のように使っているだけだという認識であった。そこへいつも利民が不在である時に限って訪問することになるのは、たまたまの偶然だ、ということになっている。

それに、いかに利民が公主を娶《めと》ったとはいえ、ここは黄家の土地。皇族よりも黄家が上に立つのは当然。なので黄県主が屋敷で利民の留守を守っている潘公主にへりくだったりはしない。

ゆえに今回も黄県主は、これまで通りに家令に命じて、いつも使う部屋を用意するように告げた。

だがこれに、想定外の答えが返ってきたのだ。

「空いていない、ですって？」

これまでこの屋敷で、一度たりとも己の意見を否定させたことのない黄県主が眉《まゆ》をひそめるのに、家令の男が丁寧に頭を下げつつ、恐る恐るといった様子で告げる。

「はい、あの、仰った部屋は、現在客人が使っておりまして」

話に出ている部屋というのは、黄県主がいつも滞在に使っている、この屋敷で最も広い部屋であった。

何故最も広い部屋が潘公主の部屋でないのかというと、その部屋から海が見えないからである。せっかくの港町であるのに、海が見えないなど勿体《もったい》ないという潘公主の意見を利民が取り入れ、二番目に広い、しかし佳が一望できる部屋を潘公主の部屋としたのだ。

しかしそのような事情を知らず、海などには全く興味がない黄県主は、ただその部屋は自分の専用なのだという認識を持っていただけである。

それにこれまではなにも言わずとも、あの部屋は自分のために整えてあったのに、使えないとはどういうことか？

「あの、ですから今回は他のお部屋を……」

「そんなもの、追い出しなさい！　わたくしを誰だと思っているの⁉」

無礼なことを言おうとした家令を、黄県主は怒鳴りつける。

いつも港で働く者に紛れており、上流の者たちとの交流をほとんどしてこなかった利民のことだ。どうせ客人というのだってそうした漁師のような下々の類だろうと、黄県主は考えた。

怒鳴られた家令は「ハイッ！」と返事をして飛んで行ったので、しばらく待てば用意が整うと思ったのだが。

戻って来た家令が、言ったことは。

「できない、ですって？」

信じられない言葉に、黄県主は呆然《ぼうぜん》とする。

「なにをしているの、漁師くらい叩《たた》き出すのは簡単でしょう⁉」

怒りで顔を赤らめる黄県主に、家令が身を竦《すく》ませて言葉を絞り出す。

「あの、滞在されている客人は、太子殿下の御遣いの方でございますゆえに。少々、なんというか、はばかりが……」

「……なんですって？」

歯切れの悪い返答の内容に、黄県主は驚く。

黄県主とて、利民の下を太子が訪れたことは知っていた。病に臥《ふ》せる妹を見舞ってのことだったとか。けれどすぐに帰ったというし、その後はなにも報告がなかった。

なので大した用事ではなく、本当に見舞っただけだったのだと思い、気にも留めていなかったのだが。

まさか、太子の手の者がまだ滞在していたとは。

——そんな話、聞いていないわ！

その報告が己の下に届いていないことに、黄県主はさらに怒りが増す。しかも黄県主の方が譲ることになるだなんて、彼女の矜持《きょうじ》は大きく傷付いたのだった。

それに、黄県主以外を相手にした際のふてぶてしさでは、勝るものがいないであろうこの家令を、すっかり萎縮《いしゅく》させているとは。どうもその太子の使者とやらは、口がよく回る相手のようだ。

しかも真っ先に頭を下げて挨拶に来るべきであろう潘公主が、部屋に籠《こも》って出てこず。譲ってこちらから挨拶をと向かおうとしても、先触れが突っぱねられて返される始末。

そんな状況全てが気に食わない黄県主が、このまま皇帝側の人間に好き勝手されてなるものかと、「ならば」と考えて仕掛けてやったあの茶会の席である。

当初は潘公主に対して使おうと仕入れていた痺《しび》れ薬を、趣向を変えてその太子の使者とやらに使うことにした。その使者は「己を害すれば戦になるぞ」と脅したというが、それをそのまま返してやろうと考えたのだ。

けれどそれが、まさかあのようなことになるなんて思いもしなかった。あれからの恥辱を思い返し、黄県主は再び怒りが増す。

そんな黄県主の一方で、同じ軒車に乗っている彼女の娘がつまらなそうな顔で言った。

「お母様、どうしてこんな早くに？　もう佳はわたくしたちのものになるのではなかったのですか？」

娘は夜中に強引に起こされ、身支度もそこそこに軒車に乗せられたことに、眠そうな顔で黄県主に不満を漏らす。

娘はお茶会の席にいなかったので、己の母の身に起きたことを知らないのだ。お付きの者も黄県主の目を恐れて、教えることを憚《はばか》ったらしい。

その呑気《のんき》さが、黄県主の気に障った。

「うるさいっ！　いいから、わたくしの言うとおりにしていればいいのです！」

「……では、これからどこへ行くのです？」

黄県主の癇癪《かんしゃく》に眉をひそめた娘が、そう尋ねる。

「隣の宿場町の宿よ。そこへしばらく滞在します」

「お母様、この辺りの宿など嫌です。魚臭いもの」

答えを聞いた娘が不満を述べた。

黄県主とて、その意見はもっともだと思うものの、呑気に不満を漏らす娘をギロリと睨《にら》む。

「では、あなたはあの屋敷で物置に泊まり続けたかったの？」

「それだって嫌だわ」

黄県主に言われたことに、娘は首を横に振る。

屋敷で用意されたのは、決して物置などではない。けれど黄県主にとって、いつもの一番広い部屋以外は狭い物置であった。そして物置を好む公主と、潘公主を揶揄《やゆ》していたのだが。

それにしても、嫌だ嫌だと言っていればいいと思っている娘に、黄県主は怒りがこみ上げる。なんのために自分たちが色々と画策しているか、娘は本当にわかっているのか？

そして、黄県主が怒りを覚える相手は、もう一人いる。

「まったく、あの人は一体なにをぐずぐずしているのかしら？　そうよ、あの人にあの都女を酷い目に遭うようにしてもらわなければ！　わたくし以上の恥辱にまみれる様を見せてもらうために……」

黄県主がブツブツとそう漏らすのを、娘は眠たそうに見ているだけだった。

この黄県主が言うところのあの人――黄県主の義弟はすでに屋敷を見張っていた者によって捕らえられ、さらには黄県主の軒車も監視されているなんて、考えもせずに。

軒車が急いで去って行く様子を、高台から見つめるのは、黒ずくめの格好をした集団である。

「どうします、やっちまいます？」

その中の一人が尋ねるのに、集団の奥にいる人物が「いいや」と返す。

「今のところ、決定的な悪さじゃねぇな。今回だってなんだかんだでうやむやだ」

「ですね。まだあちらさんに逃げ口上を与えちまうかもしれねぇですぜ。あの捕まえた旦那《だんな》だって、赤の他人だって言い張られればそれまでだ」

奥の人物がそう言うのに、傍らにいる者がそう付け加える。

彼らは皇帝の命令によって動いており、今回は利民の屋敷にいる「とある娘」の安全を確保することが至上目的である。そんな彼らは、つい先日に利民の屋敷の使用人の協力によって中に入り、不届きな行いに及ぼうとしていた男を速やかに捕らえ、他の場所で監禁しているところだ。

忍び込もうとしていたのは潘公主の寝所であり、なにが目的であったのかは明らか過ぎるだろう。

彼らの仕事はあくまで「とある娘」の安全確保だが、潘公主も安全な環境の一部だとみなして、サッサと捕らえたのだった。

その捕らえられた男は、自分を黄県主の義弟であり、「このような扱いは到底許されるものではなく、謝罪と相応の金銭を払えば許してやる」と喚《わめ》き続けている。己の立場を全くわかっていないというか、己が不利になることが起きるなんて、考えたことがないといった様子であった。

だが、そんな男のことや悪事についてを黄県主に突きつけて追及したとしても、その男が真実、黄県主の義弟であると証明するのは、非常に難しい。もし「他人の空似だ」と言われてしまったら、そうではないことをどうやって調べればいいというのか？　ゆえに、しらばっくれられたら、そのまま逃げられてしまう恐れがあった。

もしこの場に雨妹がいれば、「ＤＮＡ鑑定が欲しい！」と叫んだかもしれない。

それにこの男の身柄の奪還のために、彼ら同様の影の者が襲ってきたが、返り討ちにしてある。どうやら黄家の影は腕が落ちたようだ。それに仕える相手を選べない影が、仕えるに値しない主に奉仕する羽目になるのは、実に憐《あわ》れであった。

それはともあれ。

この仲間の意見を聞いて、最初に尋ねた者も「なるほど」と頷《うなず》いたものの、「それにしても」と続ける。

「ほっとけばあのままぽっくり逝ったかもしれねぇのに、助けるたぁね。あの嬢ちゃんは変わりモンっすねぇ」

そう言って首を傾げるのに、奥の人物が「そうさな」と応じる。

「我々からすれば意味のわからねぇ話だが、あの嬢ちゃんにしてみれば、己の信念に従っただけかもしれん」

「その信念とやらは、どうも相手には通じていないようですがな」

奥の人物の言葉に、傍らの者がそう言って「フン」と鼻を鳴らす。

「聞きしに勝る根性悪っすねぇ、ありゃあ。どっちにしろ、あの捕まえた男の処分も含め、船の方の坊ちゃんたちの成果待ちですかね」

「そういうこったな。ああ、あの男との繋《つな》ぎ役は適当に相手して泳がせとけよ？　こっちの動きがバレてあっちが逃げちまったらいけねぇからな」

最初に尋ねた者の言葉に、最奥の人物がそう話す。

「うっす」

「わかりました」

それに二人が頷く。

黒ずくめの一行は、そのまま軒車が宿場町へ入っていくのを見守っていた。

＊＊＊

黄県主が逃げるように出て行った、翌日。

雨妹は潘公主の様子を窺《うかが》いに向かう。

「潘公主、失礼します」

雨妹が部屋の外から声をかけると芳が現れ、扉を開けてくれる。

すると室内では潘公主が、フィットネスバイクを漕《こ》ぎながらも、どこか心ここにあらずといった様子であった。

利民は潘公主に、今回の海賊の根城討伐について隠すことなく説明していた。現状を知らないと、自身の身を守る意思に繋がらないことを、経験として知っているのだそうだ。

潘公主は「ご無事のお帰りをお待ちしております」と言って見送っていたが、今回はいつもの航海ついでの海賊退治ではない。海賊の根城を襲撃に行くということは当然、返り討ちになる可能性もあるわけで。

――心配なんだろうなぁ、利民様が。

こんな不安しかない時には、下手な慰めなどなんの役にも立たないものだ。むしろ「お前になにがわかるんだ」と怒りを誘うことになりかねない。

そうならないようにできることは、いつも通りの日常を過ごせるように、心を砕くことだろう。

「潘公主、少々車を漕ぐ速度が上がっているのではないですか？」

雨妹が声をかけると、潘公主はそこでようやくこちらに気付いたようだ。

「そうかしら？」

雨妹は潘公主に、しっかり頷いてみせる。

「利民様が戻っていらしたら、港の散策が楽しめることでしょうね」

雨妹が語る将来図に、潘公主が目を細める。

「……そうね。以前利民様に連れて行っていただいた際には、わたくしがすぐに疲れてしまったの。佳は車が入れない道が多いのね、知らなかったわ」

確かに佳はいかにも港町といった景観で、家と家の間隔が狭く密集している。

一方で後宮暮らしの公主は、それまで移動といえば軒車などの車移動が常だったはず。自らの足で歩く機会の少ない潘公主だと、散策も難儀したことだろう。

「そのようでございますね。ですが今度はきっと、もっと色々見て歩けることでしょう。利民様もきっと驚かれますよ」

「ふふっ、そうかしらね」

ここで微かにだが、やっと潘公主が笑った。

と思ったら、興味深そうに雨妹を見た。

「ねえ雨妹、あなたは立勇のことが心配ではなくって？」

「はい？」

雨妹はきょとんとしてしまう。

──いやいや、心配するならむしろ自分だし。

なにせ雨妹は、囮《おとり》扱いでここにいるのだから。

しかしそんなことを言えるはずもなく、雨妹は潘公主に答えた。

「いえ、あの人は私が心配するような方ではありませんから」

太子が自らの安全を預けるような男だ。相当に腕がたつのだろうということは想像に難くない。でないと本人から海賊退治に同行なんて作戦を言い出さないはずだ。

──でもこれで海賊退治で大怪我《おおけが》して帰って来たら、看病くらいはしてやるかな。

そして情けない姿をさらすという珍しい立勇に、一人ニマニマしていようか。

そんな風に雨妹が考えていると。

「そうまでして信頼し合えるなんて、あなた方の絆《きずな》は強いのね。わたくしも利民様を信頼しなくてはね」

潘公主がそう言って、「ほぅ」と息を吐いた。

なんだか誤解されているようだが、ここであえて訂正を入れるようなことでもあるまいと、曖昧《あいまい》な笑みを浮かべる雨妹なのであった。

しかしながら、潘公主の誤解を曖昧なままにしておいたのは良くなかったらしい。

それからまた後日、潘公主に呼ばれた雨妹が、芳に頼んで誰も近付かないようにして、念入りに人払いをされた部屋で言われたことは。

「ねえ雨妹。夫婦というものは、皆どのように夜を過ごすものなのかしら?」

「……はい?」

雨妹は一瞬、なにを尋ねられているのかわからなかった。

そこへ潘公主がさらに言う。

「わたくし、色々疎いの。だから雨妹が立勇殿と二人でどのように夜を過ごしているのか、参考にしたいと思って」

――いえ、どうにも過ごしていませんけど。

仮に立勇と一緒に過ごせと言われれば、雨妹が医療談義と甘味談義で一方的に喋《しゃべ》っている気がする。もしくは、立勇からの説教が延々と続くか。

そして眠くなったらお互いの間に衝立《ついたて》を立てて、とっとと寝るだろう。このあたりの神経の持ちようは、雨妹と立勇で案外似ているだろうと思っている。

それにしても、何故この話を雨妹にするのか。

「潘公主。失礼ながらそのようなことは私に聞かずとも、宮にいた頃に誰かしらから教えを受けたのではないのですか?」

いわゆる閨《ねや》教育というやつである。嫁ぐ公主に施していないはずがない。

この雨妹の疑問に、潘公主は困ったような微笑《ほほえ》みを浮かべた。

「実はわたくし、夫婦で行うべきことについて、なにも聞かずにここへ来たのです」

潘公主曰《いわ》く、この婚姻は本当に突然持ち上がったらしく。その中でも潘公主にまで話が回ってくるなんて、誰も考えていなかったのだそうだ。

なにせ黄家といえば崔《サイ》国でも有力氏族。そこへ嫁ぐとなれば、当然有力な家の公主が選ばれるもの。そして当時、潘公主よりも位が高く、美しい公主は幾人もいた。だからそちらから選ばれるとばかり思っていた。

しかし黄家の特性ゆえに、誰もが黄家へ嫁ぐことを嫌がり、潘公主まで話が回ってくることになり。短期間で婚姻の準備をしたせいで、色々なことが疎《おろそ》かになったことが否めないらしく。

「夫婦のことは、何事も黙って夫に従い、わからなければ尋ねればよい、と言われました」

雨妹は頬が引き攣りそうになる。

——え、たったそれだけ？

間違った助言ではないが、なんというざっくりとした教え方なのだろう。

「あの、では閨事については？」

雨妹が無礼を承知の上で、恐る恐る尋ねると。

「閨事、ですか？」

逆に不思議そうに問い返された。

——まさかの。真っ先に教えておくべきことを忘れられているとか！

もしかして潘公主の周囲は、本人が後宮という「そういう場所」で成人まで育ったため、閨の知識がないとは想像もしなかったのだろうか？

「あの、では利民様との初夜は、どのように過ごされたのですか？」

怖いもの見たさ半分で、気持ち声を潜めて尋ねると、潘公主は普通の調子で答える。

「はい、初夜というのがどのような儀式かわからなかったので、『わたくしはどうすればよいですか？』と利民様に尋ねました」

——聞いちゃったんだぁ……。

尋ねられた利民がどのような気持ちを抱いたのか、想像もつかないが、きっと驚いたことだろう。

「それで？」

「利民様は微笑まれまして、『なにも儀式などありません』と仰って。そのまま二人並んで寝ました」

——うわぁ……。

雨妹は頭痛がしそうになってきた。

初夜で妻になった人から——しかも皇族から降嫁された公主から無邪気に尋ねられ、閨事について教えられる男がどれだけいるだろうか？　しかも二人並んで寝たとか。女の雨妹でも、利民が不憫《ふびん》に思えてきた。

結果として潘公主は子作りの方法も知らないらしく。

「あの、では御子はどのようにして産まれてくるか、ご存じですか？」

「はい、子供は仙鳥が運んでくるのですよね？」

雨妹の質問に、おとぎ話をそのまま答えにしている。念のために芳の方を見ると、こちらもきょとん顔だ。どうやら芳の知識も、潘公主と似たり寄ったりのようだ。

——これは駄目な状態だわ。

もしや利民と潘公主の仲がこじれた大本は、この初夜にあったのではなかろうか？　家から足が遠のいて船に乗ってばかりいたのは、無垢《むく》な妻と顔を合わせ辛かったのかもしれない。

けれど、このままでいいはずがない。子作りについて知っておかないと、いつか悪い男に騙《だま》されそうだ。

なにせ公主とはお世話係に囲まれて育ち、着替えすら他人任せな生活である。故に他人に肌を見せるという行為に対して、庶民よりも抵抗が薄いのだ。

そんな状況で悪い男に騙されたら、そのまま閨行為になだれ込んでしまう気がする。

「わかりました。では不肖ながらもこの張雨妹、公主殿下に閨事について語らせていただきます！」

かくして、雨妹はある種の使命感に背中を押され、潘公主に「子供ができるまで」を図解付きで熱弁することとなった。

——前世での、小学校の性教育を引き受けた時のことを思い出すね。

しかしこれが日本でなら、植物の雄しべと雌しべに例えて説明するのだが。生憎と潘公主はそうした植物の仕組みも知らない。

となれば、紙に男女の絵を描いて説明することになり。絵でもわからないならば、女の身体は自らの肉体で知ってもらうしかない。男の身体については、後日利民に見せてもらえばいいとして。

「殿方の身体には、そのようなモノが付いているのですね。それが……」

図解によって閨事情を知った潘公主は、恥じらうというより、呆然《ぼうぜん》とした様子である。そして閨での行為をようやく知り、深刻そうな表情になった。

「ねえ雨妹、そのようなことをして、身体を壊さないのかしら？　雨妹はどうだったの？」

どうだったのと聞かれても、現世での自分は清らかな乙女であるからして。経験済みの前提で尋ねられても困る。

ここは百花宮ではないからいいものの、雨妹の身の清らかさを疑われるような事態になれば、色々と面倒な事態になるかもしれない。

前世の経験を語るのは簡単だが、医療の話とは違って、雨妹の実際の経験だと思われては駄目なのだ。だからここまでの話でも、雨妹は万が一の時に言質をとられないために一般的な事実として語り、自分を主語にしていない。

しかし、ここで突き放して「わかりません」と答えたら、潘公主に恐怖しか植え付けずに終わってしまうのではないか？

そう思った雨妹は、慈愛の微笑みを浮かべて言った。

「大丈夫です、身体は壊れませんし、怖いことでもありません」

「そうなの？　でも雨妹が言うなら、そうなのよね」

断言する雨妹に、潘公主がホッとしている。

――あとは、利民様に頑張ってもらうことにしよう。

夫婦の問題なのだから、最後に解決するのは夫婦二人の力であるべきだ。

第五章　海賊退治

雨妹《ユイメイ》が利民《リミン》の屋敷で奮闘していた時。

立勇《リーヨン》は潮風の吹く海を進む船の上にいた。

だが、ほんのつい先程までは甲板上が騒がしかった。

というのも、佳《カイ》を出た時はこれまでよりも少々遠出をするという計画であったのに、副船長の操《そう》舵《だ》が突然船の進路を変えたからだ。

そしてすぐに進路変更の知らせが船員たちの間を駆け巡り、右往左往する男たちで騒がしい中で、変わった進路の先がどこなのかに、すぐに気付いた船員がいた。

その船員はこっそりと緊急脱出用の小舟に乗り込もうとしていたところを、利民にあっさりと発見されて捕縛され、今船底の牢《ろう》に入っている。

そして今はようやく落ち着いて、少しは静かになったところだ。

けれどだらけているわけではなく、これから海賊の根城を襲撃すると利民から聞かされた船員たちは、ピリッとした緊張感に包まれている。

そんな中、突然船に同乗することが決まった太子の使者である立勇を、船員たちは遠巻きにしている。

『こんな大ごとをしようという時に、何故《なぜ》都人がいるのか？』

誰もがそんな目をして、立勇を見ているのがわかる。

そこへ、ズカズカと近寄ってくるのは利民であった。

「おう、船酔いしてねぇか、御遣い殿よ？」

藪《やぶ》から棒にそう尋ねてくる利民に、立勇は眉《まゆ》を上げる。

「幸いに、酔わない質《たち》のようです」

この答えに、利民は「そりゃあ、なによりだ」と応じつつ、言葉を続ける。

「もう今更引き返せねぇが、本当によかったのか？　アンタがこっちに来ちまって？」

そう確認する利民はまさか、立勇が「海賊退治に同行したい」と言い出すとは意外だったようである。「本当に来るのか？」という確認は、これが最初ではない。

しつこいくらいに聞いてくる利民に、立勇は告げる。

「仕方ないのです、私が張り付いていてはあちらの方の動きが鈍いようですから。こちらとしても、あまり滞在を長引かせるわけにはいかないので」

立勇はそう言って、利民を見る。

「大丈夫、護衛はちゃんとおりますから。雨妹と、潘《パン》公主の身については心配無用です」

雨妹にも自身の考えを伝えており、護衛は自分以外にもいると知らせてある。

護衛については気付いていたというか、察していたようで、特に驚くことはなかった。雨妹からは「お気を付けていってらっしゃいませ」とまるでそこいらに散歩に出かけるかのような調子で見送られてしまった。

立勇としては別段、心配してほしかったわけではないのだが、あれはあれでどうかと思う、複雑な心中であった。

一方の利民は、なにやら少々不満そうな顔である。

「はっ！　太子サマが残したのは、アンタ一人じゃなかったってことか？　やっぱりな、皇族にとって、黄家《ホアン》は味方ってわけじゃあねぇもんだしよ」

利民の指摘に立勇は答えることはせず、逆に尋ねる。

「護衛については、利民殿とて、これまで潘公主を屋敷に一人で置いておいたのでしょうに。今更の心配では？」

この問いかけに、利民はぐっと言葉に詰まった。

そう、この男は結局潘公主の心配をしているのだ。立勇が屋敷にいることで、やはり屋敷内の安全について安心していたのだろう。

これに、利民はしばらくウンウンと唸《うな》っていたかと思ったら、肩を落として口を開く。

「一応な、信頼のおける腕の立つ奴《やつ》を、屋敷に張り付かせているんだよ。荒事にゃあ長《た》けているんだけどな、屋敷内でお上品に動ける奴じゃないもんで、屋敷内での行動を厭《いと》われてな。屋敷の中でのことは全く知らねぇってこった」

なるほど、外からの危険にはそれなりに気を配っていたということか。というか、利民に動かせる人員が本当に少な過ぎる。

――黄家だって、影働きの連中を囲っているのだろうに。

そうした人材を利民が使えないことに、なにか理由があるのだろうか？　もしくは、その手の人材を扱う権力を持っているのが、黄県主側であるかだ。

もしかすると、佳の統治状況は立勇たちが想像しているよりも、複雑に入り組んでいるのかもしれない。図らずも、立勇は雨妹と同じ思考に至る。

ともあれ、立勇は利民の不安を多少なりとも和らげてやることにする。

「屋敷には雨妹がいますから、家人との軋轢《あつれき》などは上手《うま》くやることでしょう」

雨妹は案外、そうした人間関係の折り合いをつけるのが上手い。なんというか、視野が広いのだ。目の前の事象だけではなく、その奥に想像できる未来も予測して行動する節がある。

それもたまに、甘味を前にするとそんな思慮深さを吹き飛ばして突撃する癖もあるのだが。

「我々はせいぜい、派手な戦果を持って帰ることに集中しましょう」

「御遣い殿に言われるまでもない」

立勇が利民とそんな言葉を交わして、しばらく船は進む。

そして遠くに見えてきたのは、入り組んだ海岸線であった。

目的地が見えてきたところで、作戦の確認をすることになった。

まあ作戦と言っても、根城を急襲して主導者を捕らえるだけのことなのだが。

「わかりにくいんだが、あの辺りに洞窟《どうくつ》があるんだよ」

利民が指をさして示す先を、立勇は眼《め》を凝らして見る。

「崖《がけ》があるようにしか見えないのですが」

そう、その海岸線は切り立った崖が続くばかりで、船が接岸できそうな場所が見えない。

「それがな、こっちからは見えにくい辺りに、穴が空いているみてぇなんだよ。俺も調べさせて初めて知った」

こう話す利民の説明によると、その穴は今の利民たちの船のように、沖を航行する船からは見えない絶妙な位置にあるらしく、自然に空いたものでもないとのこと。

天然の穴ではないなら、すなわち手掘りだということで。

「海賊なのだから、船を隠せるくらいには大きいものでしょうに。そのような大きなものを、人力でとは」

立勇としては呆《あき》れてしまう。

その労力を、もっと実のある方向に使えなかったものか。それこそ、山を掘って道を繋《つな》げれば、一躍地元の英雄になれたはずだ。

「全く、こういうことにだけ根性を出せるっていうのも、不毛だわな」

立勇の意見に、利民も同意のようだ。

「それで、海賊ってのには、食い詰めた連中と軍人崩れの連中がいるもんだが」

そう話す利民は、今回の海賊は後者だと告げる。

「確かに、食い詰めた漁師であれば、これほどまで続かないでしょうね。下手を打って捕まるのも早いだろうし、警邏《けいら》に怯《おび》え続ける根性もないものです」

立勇も頷《うなず》いて同意する。

それに身を隠す場所がある山賊と違って、海賊はよほど特殊な地形を有する海域でもない限り、茫洋《ぼうよう》たる海の上でも逃げ隠れする場所がない。そのため襲撃する船の武装具合を見誤ると、簡単に蹴散《けち》らされてしまうだろう。だからこそ、小さな小舟程度しか持っていない、食い詰め漁師の海賊業は難しいのだ。

一方で軍人崩れは、どこかの戦場で負けた隊が海まで逃れて来て、漁村から舟を奪って海賊になるのがほとんどだという。崔《サイ》国は小さな小競り合いであれば、あちらこちらで現在も行われているため、そうした軍人崩れがいるのは不思議ではないし、山賊にも一定数こういう輩《やから》はいる。けれど、そんな軍人崩れが以前見かけたような大きな船を持つのは、そう簡単なことではないだろう。

船を造るのは、当然特殊技術を持つ職人の技だ。内陸で家を建てる技を持つ大工が、家と同じ感覚で船を造れるわけではないため、当然船を造る大工がいるのは佳の港なわけで。佳の船大工が海賊のための船を造るはずがないのだ。

では、あの海賊たちはどこから船を手に入れたのか？

この疑問の答えに、利民が渋い顔をする。

「あのババァども、黄家の船をちょろまかしたんだろうな」

利民の言う「ババァ」とは、黄県主のことであろうが。

「船とはちょろまかすというような、小さなものではないと思うのですが？」

立勇の指摘に、利民がガシガシと頭を掻《か》きながら言う。

「黄家の人間にとって、船を持っているっていうのは地位の表れだ。なもんで、気位が高い奴ほど、借金してでも船を多く持ちたがる」

その結果、使われないまま死蔵されている船というものも出るらしい。それらをたまに動かさないと、船が駄目になるのだそうで、そうした慣らし目的で船を動かすことも、しばしばあるという。

「……規模は違うが、宮城にも使いもしない豪勢な馬車が、たんまりとあるな」

「おぉ、それそれ！　それを船でやっていると思ってくれりゃあいい」

そんな話をしているうちに、海岸線の崖が近付いてくる。

「あちらさんでもこっちの船に気付いているだろうよ。でなきゃあ、よほどのボンクラだ」

利民がそう話す周りでは、船員たちが襲撃の準備に駆けまわっている。巨大な銛《もり》を撃ち出す準備や、小舟を降ろす手筈《てはず》で、誰もが忙しい。

戦場が近付いてくる気配に、立勇は自然と腰の剣に手をやる。

——ここのところ身体《からだ》がなまっていたところだ、一つ存分にやるか。

船の上で立勇は一人、不敵に笑う。

＊＊＊

「なんだ、なにがあったんだ？」

洞窟の奥で酒を飲んでいた海賊の頭目である髭面《ひげづら》の男は、外の方が騒がしくなっていることに気付く。

「あれか？　約束の『商品』が届いたか？」

その男と酒を酌み交わしている豪奢《ごうしゃ》な格好の細身の男が、そう言ってニヤリと笑う。

この男は、黄県主の夫である。

黄県主が黄大公の座を欲しているものの、なかなか手が届くことがないのに腹を立てている様子であるのに、海賊を利用することを提案したのはこの夫であった。

元々弟と共に、御禁制の品などの抜け荷商いで裏の商売をしていた夫は、黄県主の野心を利用すれば、もっと手広く商売ができるようになると考えたのだ。

今佳に居座っている利民やその父を追い落とした際には、佳を弟にくれるという約束である。佳を闇取引の一大拠点とすれば、もっと海の外から金儲《かねもう》けの種が集まってくるというわけだ。

──あぁ、笑いが止まらんなぁ。

夫がご機嫌で酒を飲んでいると、隣の穴の方から金切り声が響いてきた。

「うるせぇぞ、黙ってろ！」

そちらに向かって、海賊の頭目が怒鳴る。

あちらは商品の保管庫があり、御禁制の美術品などの他、人も押し込められていた。

人は男女や子供など、年齢が若い者ばかりである。彼らも美術品同様、商品なのである。

海向こうの国はこの国の人間の肌が物珍しいらしく、「飾り」として人気があるのだそうだ。その用途がどのようなものであるかまでは、夫の知るところではない。ただ、「抱き心地がいい」という話はよく聞いたが。

しかもそんな生きた商品でも、高値での取引間違いなしのモノが、近々連れて来られるはずなのだ。

なにせその商品というのは、公主と太子の使者である娘であるというのだから、これ以上の箔《はく》の付いた商品はない。

この女二人を狙っている女好きである彼の弟が「お楽しみ」の後で、こちらにも回してもらう手筈であるのだ。商品としては生娘な方が高値で売れるのだが、人妻と男連れの娘であるのだから、どうせ生娘であるはずがないと割り切っている。

恐らくはその商品たちが今、届いたのであろう。

しかし、夫はこの予測が大きく外れていることに、すぐに気付くことになる。

＊＊＊

利民対海賊の戦いは、小舟での接近戦が合図となった。

どうやら海賊側は利民の船の接近を察知しても、船を動かすには間に合わなかったようだ。このあたりが、海の男として生まれ育った利民たちと、そもそもが船に慣れない余所者《よそ》との差であろう。

結果、出入り口を利民に塞《ふさ》がれることとなった海賊たちは、小舟で接近して応じることしかできなくなってしまったのである。

一方の利民たちは、洞窟内に向かって船に装備された銛を複数投射し、その一つが海賊の船を直撃した。これで船に銛で空いた穴から浸水が始まり、海賊たちは船で逃げることさえできなくなったわけだ。

さらにはその銛に繋がった縄を伝って次々に洞窟内へと船員たちが降りていく。

「ちくしょうが、けど地べたでの競り合いじゃあ負けねぇぞ！」

「おりゃあ！」

海賊たちが剣を抜いてわらわらと襲いかかってくる。

——剣は、東の国のものか？

立勇は船から降りたものの、後方で敵の武装を観察していた。

海賊たちは容姿も東の国風であるように見える。東は国境で年中競り合っている地域であるので、敵国からどさくさ紛れでここまで流れて来たのだろう。

しかしその動きを観察していると、食い詰め漁師よりは脅威だが、軍人としてはそこまで腕が立つ集団であるというわけではないように思える。

——所詮《しょせん》は戦場から逃げてきた連中か。

それなのにこれまで海賊稼業が上手くいっていたのは、襲撃する船の情報を事前に持っていたからだろう。佳にいる味方から流れてきた出航する船の情報を元に、手ごわそうな船には近寄らず、脅威ではない船ばかりを狙っていたのであれば、楽な仕事であったはずだ。

戦況は利民側が押していく流れになってきているようで、競り合いの前線が奥へと進んでいく。

「お？　どうやら敵の大将らしき奴がいるみたいだぜ？」

立勇と同じく、後方で戦いを観察していた利民がそう告げた。どうやら戦いながら奥へと進んだ船員から、合図が来たようだ。

戦果を船員たちに譲るために最初は後方に控えていた立勇と利民であるが、目標を発見したとなれば、相手に逃げられる前に動かねばならない。

「肩透かしにならずに、なによりだ」

立勇はようやく巡ってきた出番に、剣を抜いて敵味方が入り乱れている洞窟を駆ける。

「おらぁ！」

「うるさい、退《ど》け」

立勇は度々行く手を邪魔する下っ端海賊たちを斬り捨てながら、奥へと進む。

そして辿《たど》りついた最奥は、部屋のようになっている空間だった。

「ここまで来やがった！　どういうこった⁉」

「おい、お前の手下どもはなにをやっているんだ⁉」

そこでは豪奢な宝物に囲まれた男が二人、喚《わめ》き合っていた。

一人は厳《いか》つい髭面の男で、もう一人はいい身なりをした細身の男であった。

立勇の足音に気付いた二人が、ハッと見てくる。

その細身の男の方が、立勇を見て「アッ！」という顔になる。

「都人の武人風な男……まさか利民のところの、太子の使者の片割れか⁉」

「いかにも、その通りだ」

細身の男の問いかけというより確認に、立勇は大きく頷いてみせる。

「なんだ、男の方は佳の女にぞっこんで、都女を捨てて定住しようと船乗りになったんじゃねぇのか⁉」

髭面の男ががなり立てる内容に、立勇が眉《まゆ》をひそめると、背後から「プハッ……」と笑い声が漏れ聞こえてきた。立勇に追いついて来た利民である。

立勇は一瞬背後をジロッと睨《にら》み、気持ちを落ち着けるために大きく息を吐く。

ずいぶんと下世話な話になっているようだが、まあそれも予想の範囲内である。ただ、「都女を捨てて」という部分が少々気にかかった。もしその都女というのが雨妹のことであるのならば、万が一明賢《メイシエン》に、それ以上に皇帝である志偉《シエイ》の耳に入った場合を考えると、背筋がゾッとする。

――下世話な噂《うわさ》で首が飛ぶなんぞ、御免被る。

志偉がどれだけ雨妹を気にかけているかは、護衛に頭領を派遣してきたことからよくわかるというもの。そんな志偉から敵視される対象になるのだけは、今後の人生を考えても絶対に避けたいところであろう。

そんな立勇の内心の葛藤《かっとう》をどう捉《とら》えたのか、細身の男がニタリとした笑みを浮かべた。

「あの都女だったら今頃、公主同様に俺たちの仲間の手に落ちているはずだぞ？」

「……あぁ⁉」

後ろで唸《うな》り声を上げる利民を立勇が片手で制すると、利民もひとまず口を閉じた。

「それが？」

表情を変えずに問いかける立勇に、細身の男は「強がっても無駄だ」と告げる。

「助けたければ、俺を死なせては居場所がわからなくなるなぁ？　とはいえもう弟が二人ともに、とっくに『お楽しみ』の後だろうがなぁ？」

そう言って「ヒャヒャヒャ」と下品な笑い方をする男に、立勇は軽く眉を動かすに留《とど》めた。

立勇の反応が薄いことに、男は焦ったようだ。

「なんだ、もしかしてもう愛想を尽かせた後だったか？　ならばあの都女の売り上げを、お前と山分けしてやろう。美味《うま》い話だろう？」

この言葉にも、立勇は大した反応を見せないままに軽く足を踏み出し——

「ひ、ぎゃぁあ⁉」

次の瞬間、細身の男が凄《すさ》まじい悲鳴を上げた。

立勇が剣の一閃《いっせん》にて、その男の片腕を切り落としたのだ。

「ひいっ⁉」

突然の惨状に、髭面の男が後ずさる。

——このくらいで怯《おび》えを見せるとは、やはりその程度だな。

軍人崩れとはいえ惨敗兵ですらなく、戦場を恐れて逃げた輩だと、海賊の頭目について立勇は内心で断定した。

そして、真っ青な顔で血を流す細身の男を見て、利民に尋ねる。

「一応聞くが、この男は誰だ？」

「あのババァの旦那《だんな》だ」

「なるほど」

利民からの答えに、立勇は黄県主たちは揃《そろ》ってろくでなしのようだと頷《うなず》くと、目の前の細身の男──黄県主の夫に向かって告げる。

「すぐには殺さぬ、利民殿も色々聞きたいだろうから、手当てはしてもらえることだろう。よかったな」

うっすらと笑みすら浮かべて話す立勇に、細身の男は震えている。

たとえ手当てをされても、それはひとまずの助命でしかないことは、己がよく知っているはずだ。恐らくは、同じように多くの命を狩ってきたのであろうから。

しかしこの夫は、命の終わりが苦しみの終わりだとは思わない方がいいだろう。

「ただ『あの方』を、たとえ言葉であっても汚《けが》したお前を、皇帝陛下はお怒りであろう」

そう、己が大切なものを汚そうとしたこの男を、志偉は決して許さないはず。祖先英霊に呪いをかけてもらうように祈るくらいはしそうである。

「たとえ死したとしても冥府《めいふ》にまで呪詛《じゅそ》が届き、死ぬほどの苦しみが永遠に続くと心得よ」

まさに呪詛の言葉を聞かされた夫は、顔を青くするばかりであった。

そして、この間にコッソリと動いている髭面の男に向かって、立勇は短刀を投げる。

「そこのお前、それ以上動くと即刻首を落とすぞ」

抜け穴に逃れようとしていた海賊の頭目は、すぐに利民によって拘束された。

かくして、海賊の根城制圧は為《な》されたのであった。

第六章　戦勝の宴《うたげ》

立勇《リーヨン》が海賊退治に同行して、時間がだいぶ経《た》った。

この頃になると雨妹《ユイメイ》は、いつもいる人間がいなくなると妙に居心地が悪くなるものなのだな、と実感していた。

なにせ百花宮《ひやっかきゅう》にいる時と違って、ここでは立勇と一緒にいる時間が長い。

百花宮に来る以前からの雨妹は基本、個人行動で好きにやっていた。これが一転して立勇がまるでお目付け役のごとく一緒なのを、ちょっと鬱陶《うっとう》しくも思っていたのだけれども、その鬱陶しい存在がなくなると、解放感よりもむしろ喪失感があるとは、人とは不思議なものである。

そしてその喪失感の元である立勇の乗った船が、港に戻って来たという知らせは、護衛の人から聞かされた。屋敷に連絡が入るよりも先に知らされるとは、さすがであろう。

――立勇様、無事かな？

雨妹とて薄情ではないので、それなりに心配もする。しかしその心労で眠れない日々が続いたかというと、そうでもない。

雨妹はいつでもどこでもどんな状況でも、枕が変わっても爆睡できるのが自慢だった。

そんなうっすらとした心配でも、いよいよとなれば早く無事な姿を見て安心したくなる。

けれど雨妹は立勇自身から、「自分が戻るまで、決して屋敷の外へ出るな」ときつく言い含められており。ゆえに立勇を出迎えに港へ行くことはしないでおいて、屋敷で帰りを待つことにした。

そんな雨妹の一方で、ずっとソワソワしているのが潘《パン》公主である。

夜もよく眠れないようで、目元に薄い隈《くま》ができている。しかしこの潘公主も安全面への配慮で、港への出迎えはできず。その上身を隠している最中でもあるので、自分の部屋で待つしかない。

潘公主は船が港へ着いたと雨妹から聞いた時からずっと、部屋の中をぐるぐると歩き回って待っていて、まるで日本の動物園の熊みたいだ。

雨妹もそんな潘公主に付き合って、潘公主の部屋にて待機である。

そんな若干の温度差のある二人が待つこと、しばし。

風を入れるために開け放たれている窓から、小さな紙切れが飛んできて、雨妹の手元に届く。紙飛行機っぽい飛ぶ折り方を考え出す、こういうところが護衛の人は器用だなと思う。

それに端的に書いてある内容によると。

――お、帰って来た？

そうなってくると、これまではなんともなかった雨妹だったが、急に不安に襲われた。

立勇はちゃんといるだろうか？　もし、大怪我《おおけが》をしていたらどうするか？　もしそうであった場合、あらかじめ用意してある雨妹お手製救急箱を持って、治療現場に突撃だ。屋敷から出ることになるだろうが、そこは目をつぶってもらうことにして。

万が一、死亡していた場合……きちんと弔いをしてもらい、太子に遺髪を持って帰ろう。

雨妹が一人、そんな予測を脳内で繰り返していると、部屋の外から大勢が歩く足音が近付いてくるのが聞こえてきた。

バタァン！

そして勢いよく部屋の扉が開いた直後。

「お帰りなさいませ、利民《リミン》様！」

潘公主の声が響いて、驚く利民の姿が見えた。

――ふむ。

雨妹が利民をざっと見たところ、一応着替えたらしく返り血などは見られないが、血の匂いが仄《ほの》かに臭っている。船の上では身体《からだ》を洗うための水があまり使えなかったのだろう。それでも屋敷に戻る前に街で整えてもよさそうなものを、帰るのを優先させたのか。

「只今《ただいま》戻りました、成果は上々で……あーくそ、面倒クセぇ！」

利民は丁寧な言葉遣いで挨拶《あいさつ》をしようとしたが、興奮のせいか、上手《うま》く言葉が出てこなかったらしい。

「喜べ公主さんよ、俺らの勝ちだ！」

地の言葉でそう告げた利民は潘公主に早足で歩み寄ると、両脇に手を差し込んで高く上げた。

この乱暴な挨拶の仕方に、潘公主は一瞬驚いて目を見開いたものの。

「それはようございました。これから佳《カイ》の民も安心して過ごせますわね」

にこりと笑みを浮かべてそう応じた。

「……おう」

地の自分に反発がなかったことに、利民は戸惑いつつも嬉《うれ》しそうだ。

――この夫婦、大丈夫そうかな？

雨妹が微笑《ほほえ》ましい気持ちで、二人を眺めていると。

「雨妹よ、お前さっきから見ていると年寄り臭いぞ」

そんな声が聞こえて、横を見ると立勇がいた。

「あ、生きてた」

雨妹の口から思わずそんな言葉が零《こぼ》れ出た。

「なんだ、死んでいてほしかったか？」

立勇がギロリと睨んでくるのに、雨妹は「いえいえ」と首を横に振る。

「様々な可能性について考察をしていただけですので」

雨妹はそう応じながら、立勇をざっと観察する。

――見たところ、怪我をしていそうではなし。

「立勇様、ちょっとあの辺りまで歩いてください」

雨妹の唐突なお願いに、立勇は眉をひそめる。

「何故《なぜ》だ？」

「私が満足するためです」

雨妹が引かないことを感じ取ったのか、立勇は黙って言われた所まで歩いて、また戻って来た。

歩く姿に違和感も見られず、骨折などもないようで、まずは一安心する。

「どうやら健康体のようですね。では改めて、お帰りなさいませ立勇様」

「なるほど、わかりにくいな、お前は」

雨妹がニコリと笑顔でそう告げると、立勇がため息を吐《つ》いた。

――わかりにくいとは何事か！

無事を喜ぶ前に、本当に無事なのかを確かめるのは常識ではないか。

けれどそれはともかくとして。

「立勇様、妙に綺麗《きれい》ですね？」

そう、立勇は多少汗臭くはあるものの、格好に傷や返り血のようなものが見られない。こちらも服は着替えたのであろうが、それでも身体に傷がないのはどうだろう。

――後方支援の係だったとか？

戦いに実際に参加せずともやることは色々あるかと、雨妹が思っていると。

「あの程度の相手で血を浴びるなど、新兵ではあるまいに」

立勇がちょっと顔をしかめてそう言う。

どうやら雨妹の指摘は、立勇的には嫌味ともとれる意見だったようだ。

「それは、失礼しました」

雨妹は素直に謝る。

それにしても、切ったはったをやってこれだけ身綺麗となると、この男はひょっとして、かなり強い部類の武人なのではなかろうか？

——手術でも、腕のいい医師は出血が少ないものだしね。

太子は、そんな凄《すご》い人間を雨妹と残してしまって、本当によかったのだろうか？


利民が海賊の討伐に成功してから、佳はさらなる活気に包まれていた。

その利民の屋敷では、近々戦勝祝いで宴が催されることとなり、現在の屋敷内は大忙しだ。なにせ今回は佳の有力者や船主などを招いての、大々的な宴となるのだから。

前回の太子の訪れでの宴もそれなりのものだったが、あの時は太子だけをもてなせばよかった。なので屋敷の使用人たちは宴の場だけを作り、あとは利民と潘公主の二人に丸投げで済んだ。

けれど今回は招く客が多数になるため、使用人は引っ込んでおくわけにはいかない。全員が表に出て持て成しに当たる必要があるのだ。

大きな宴に出られるとなり、ある者は面倒がったが、ある者は色めき立ち、玉《たま》の輿《こし》を狙おうとはしゃいでいた。

しかし、その浮き立つ気分も長続きはしない。

何故かというと、これを機会に利民が前以《まえもっ》て話を付けていたあちらこちらから人員を招き入れたことで、屋敷内の人事が大きく変わったからだ。

まず元から屋敷にいた使用人の中で、家令が職を解かれて即刻叩《たた》き出された後、大半の使用人があまり重要ではない閑職へと追いやられてしまう。この処分の基準になったのが、雨妹が作成した使用人の評価表である。利民がいない間に屋敷内で実家みたいにしていた使用人たちが、閑職行きとなったのだ。

一方で、周りに流されずにコツコツと仕事をしていた少数派の使用人たちは、新たな家令の下で要職に就くこととなる。彼らは屋敷勤めの古参者で、金銭での買収工作に応じなかった忠義者であった。

利民が閑職に追いやった使用人たちをいっそ首にしなかったのは、黄家《ホアン》に仇《あだ》なしたという評価を避けてやろうという、最後の慈悲である。しかしこの慈悲を、当の本人たちが理解することはなく、批難の嵐だったが。

彼らの言い分としては、これまで利民があまり潘公主を構っているように見えなかったため、「やはり都女が気に食わないのか」と考え、態度が悪くても許されると思っていたということだ。けれどもここにきて、利民が潘公主への態度をころっと変えたように見えるため、突然梯子《はしご》を外されたような、裏切られた気分であるらしい。

けれどそんなものは、彼らの勝手な思い込みであり、利民の船の船員たちは以前から「公主さんはどうっすか?」と気軽に聞いてきたり、「そんなんじゃダメだぜ、若様よぉ」と年長者からは夫婦生活の助言を貰《もら》ったりしていたのだから、要は本人たちの心根であろう。

というわけで、やいのやいのと文句を言ってくる使用人たちには、「うるせぇ、役立たずは要らねぇんだよ!」と利民が一睨《にら》みして黙らせることで、問題は消えた。

そしてこの待遇が今後覆ることがないと薄々察した者は、自ら辞めると申し出るに至り、徐々に閑職組の人数は減っていく。

残る者は、まだ自分たちが日の目を見る機会が巡ってくると信じているようだが。

態度の悪い使用人が減ったおかげで、屋敷内を絡まれずに歩けるようになった雨妹は、移動がとてもすんなりとできるようになり、無駄に時間をとられることもなくなったため、おかげで大助かりである。

今雨妹は芳《ファン》と共に、非常に忙しいのだ。

なにせ今度の宴で、いよいよ潘公主をお披露目するのだから。

――ふっふっふ、皆見てみるがいいわ、美人というものには決まった型なんてないってことをね！

蛹《さなぎ》から蝶《ちょう》へと変わるかのように変身を遂げた潘公主に、見惚《みと》れる佳の男たちの姿が、今から目に見えるようである。

そしてその潘公主はというと。

海賊退治から帰って来た利民と、仲睦《なかむつ》まじい様子を見せている。

なにせ利民が忙しかった最大の理由である、海賊被害が出なくなったのだ。

なので利民は船員たちに「しばらく家でゆっくりしてください！」と口々に言われたらしく、これまでほったらかし同然であった潘公主との交流を増やすべく努力中であるようだ。

それに利民は、潘公主に素の自分を受け入れられたことで安心したようだ。屋敷内でも船乗りの態度でいられるので、屋敷の居心地が上がったらしい。いずれは跡取りの子を生《な》さねばならない二人であるので、いつまでも他人行儀はよくない。

利民はようやく潘公主と家族になる気持ちになれたようで、一安心である。

ところで家族といえば、潘公主の閨《ねや》教育の成果はどうだったかというと。

あれは利民たちの帰還の翌日のこと。

雨妹は潘公主から今日は休んでいていいと言われたのだが、かといって戻ったばかりの立勇をわざわざ護衛として連れ出してまで外出するのも気が引けて、庭を散策して時間を潰《つぶ》していると。

「おい」

たまたま通りかかった様子の利民が回廊から呼ぶので、なんだろうかと近寄ると。

「よくやった」

ボソッとお褒めの言葉を貰い、すぐにピンときてしまった。

とうとう初夜の仕切り直しができたのだ。

「それは、ようございました」

にこやかに笑みを浮かべる雨妹に、利民の方が赤面して立ち去ってしまうが。

——ああ見えて、案外初心《うぶ》だとか？

けれど、こういうことでからかうのは良くない。

利民は男しかいない船にずっといて、尚且《なおか》つ海賊退治という戦いの後だ。そんな神経が高揚している状態でも、外で女を買わずに帰って来た。

恐らく利民なりの誠意だったのだろうが、性欲というものは誰しもが抱くもので、恥ずかしいことでもなく、我慢はむしろ良くない。真っ当な夫婦生活を送るようになれば、利民もきっと心に余裕ができて、落ち着きを持つようになるだろう。

そして利民の夫婦生活が順調なことに、実は船員たちもホッとしているそうで。自分たちの船長が、新婚にもかかわらず船に入り浸っていたら、心配しない方が難しいだろう。

連絡係として屋敷に出入りする船員が、「やっと利民様がイライラしなくなった」と喜んでいた。

やはり夫婦関係のもつれが、あちらにも影響を及ぼしていたようだ。

ところで、この一連の流れを知らないのが立勇であるのだが。彼はとんだとばっちりを食うことになる。

それはちょうど雨妹と一緒にいた立勇がある時、潘公主から呼び止められ。

「立勇殿、雨妹にあまり無理を強いてはなりませんよ？」

そんな忠告めいたことを言われた。

「は？　なんですか？」

立勇が意味不明という顔をしている。

「あ……」

雨妹はそこでようやく、潘公主の誤解を放置したままなことに気付いた。

立勇はそんな雨妹をギロリと睨んだものの、その場ではなにも言わず、黙したまま潘公主の下を離れる。

そして雨妹と二人だけになったところで。

「で？　どういうことだ？」

怖い顔でそう聞かれた。

雨妹は「どうしようかな」と迷ったものの、別段隠すような話ではないかと思い、素直に誤解の内容と潘公主への閨教育について語ったのだが。

「……」

立勇がすごい顔で固まってしまう。

「あのー、立勇様～？」

雨妹が立勇の目の前で手を振ると、ゆっくりと動き出す。

「雨妹よ……。色々言いたいことはあるが、まずは何故お前にそのような知識がある？」

後宮の宮女は処女であることが条件のようなものなので、立勇の疑問はもっともなことだ。

「もちろん、知識だけですって。耳年増《みみどしま》ってやつですよ」

手をヒラヒラとしつつ告げる雨妹に、立勇がなおも追及する。

「しかも、私が無体を強いていると思われているのは何故だ？　一体なにをどう教えたのだ？」

「それは、女同士の秘密です」

雨妹は薄く笑って誤魔化した。

利民が特殊性癖である可能性を考慮して、少々濃い内容を教えたことは、黙っておいた方がいいだろう。

＊＊＊

徐州《ジョシュウ》の主である黄大公は、頭を悩ませていた。

というのも、孫息子の一人に任せていた佳からだといって、とある「届け物」が送られてきたからだ。

黄大公の視線の先にあるのは、複数の生首である。これを目にした使用人の数人が、卒倒してしまった。

その中での見覚えのある首の額に、紙切れが貼り付けられていた。

『愛《いと》しき児《こ》を悲しませる輩《やから》に、天誅《てんちゅう》を』

そう冒頭に書かれた紙には、生首たちがどうしてこうなったか、詳細もある。それでこの首たちが佳を任せている孫息子、利民が住まう黄家の屋敷を襲って失敗したのだと知れた。

あとこの生首たちとは別で、利民が佳を騒がせていた海賊の根城を叩くことに成功し、海賊連中の討伐が完了したことも報告に上がっている。

そしてその海賊の仲間に、黄家の人間がいたことも知らされた。

「これはこれは、どちらも大物が含まれておりますな」

側近の一人が呟《つぶや》くのに、黄大公は渋い顔となる。

「まさか、あの馬鹿娘の夫とその弟とはな」

そう、報告にあった海賊の仲間である黄家の者とは、娘の一人が婿にとった男で、紙が貼り付けられている生首はその婿の弟であったのだ。

「実の娘と思い、情けをかけておったのが裏目に出たか」

黄大公は渋い顔でそう漏らす。

その娘というのが利民を目の敵にしていたのは知っている。娘は贅沢《ぜいたく》が好きな女であるので、佳の港が生み出す財が欲しいのだろうとは思っていた。

けれど黄大公は、そんな娘の望みをかなえてやるつもりは全くなかった。

何故なら娘にも、その夫にも、施政者としての才能がとんとなかったからである。そんな者たちに任せれば、船があっという間に佳から離れ、寂れ行くのが目に見えている。

それなのに、娘とその夫は身の程知らずにも、黄大公の座まで欲するようになった。

——皇帝と融和に踏み切ったことで、我が腑《ふ》抜けたと思われ、舐《な》められたのだろうな。

これまでの黄家の歴史は、戦乱と共にあった。戦によって領土を広め、豊かになったのは確かである。

しかし、人は戦い続けることなどできないのだ。

戦をするのは民草で、彼らが戦ばかりをやっていては、食糧を作ることができなくなる。戦で勝った挙句、民が皆飢え死にしたとなっては、なんの意味もない。

しかし黄家の中には、この事実を理解できず、さらなる戦乱を望む声が未《いま》だに大きい。故に突然戦乱による領土拡大を止《や》め、皇帝との融和を為《な》した黄大公への反感があるのは承知していた。

そういう輩こそ武力でもって抑えてきたし、今や徐州の安寧に力を注ぐ時期として、黄家の中でも比較的穏やかな気性だが頭が切れる息子と、その孫に目をかけていたのだが。

佳の統治にあたって後手に回っていた感が否めなかった利民が、ようやくやる気を見せたようである。

「ふん、利民の奴《やつ》はようやく動く気になったようだな」

「さようでございますな」

黄大公が遠くを見る目でそう告げるのに、側近が頷《うなず》く。

あの利民は才覚もあるし民にも好かれているのに、どうにも面倒がる気質があった。それがようやく重い腰を上げたようだ。やはり嫁をとらせたのがよかったのか。気の強い黄家の女とはそりが合わないようなので、皇帝へ頼んで嫁を貰った甲斐《かい》があったというものだ。

その嫁が病みがちであると聞こえて心配したが、それも回復していると知らせがあり、なによりだとホッとしていたのだが。

ここへ来て、まさかの横槍《よこやり》が入るとは。

「なんと、志偉《シエイ》が手を出してくるとはな。あの公主、実は特別に可愛《かわい》がられていたのか？」

そう、生首を届けたあの黒ずくめに、黄大公には見覚えがあった。あれは皇帝を警護する影であったはずだ。そのような大物が、まさか佳に乗り込んでいたとは驚きである。

黄大公の疑問に、側近が首を捻《ひね》りながら言葉を紡ぐ。

「そのような話は聞こえておりませんでしたが、太子の配下が長逗留《ながとうりゅう》をしているのは事実ですし、そうだったと考えるのが自然かと」

黄大公も、そんなものかと納得する。

だがなにはともあれ、出来の悪い娘は金ずくで味方にした海賊を利民に潰された上に、夫と義弟を失ったことで、もう後はない。

そしてそれは、黄大公とて同じこと。もうこれ以上、あの娘を見逃してやるわけにはいかないのだ。それに、悪い知らせも入ってきている。

「あやつは、よりによって我が領民を売り物にして金を得ておったとは。そのような者を庇《かば》い立《だ》てしては、我も領民に見放されるわ」

「……ではこの首同様に、義息殿の方も関与しないという返答で、よろしいですね？」

側近からの質問というよりも確認に、黄大公は迷いなく頷く。

「うむ、それは我が娘も同様だ。あれになにが起きても、我はなにも言わぬ。我には最初から、さような娘などおらぬと伝えよ」

「承知いたしました」

この瞬間、黄家の一族から娘一家の名が消えた。

この決断でせり上がる苦いものを飲み込むように、黄大公は目の前のお茶を呷《あお》る。

「それにしても、志偉の奴は腑抜けておらなんだか」

黄大公は眼《め》を鋭くして、梗《キョウ》の都がある方角を睨《にら》む。

「あの男が弱った今が勝機だなど、知らぬ輩は恐ろしいことを抜かすわ」

「さようでございますな、知らぬとは幸せなことで」

黄大公が唸《うな》るように告げると、側近も苦笑する。

弱ったところで、猛獣は兎《うさぎ》など撫《な》でるだけで殺せてしまうもの。この事実は、どうやら実際に戦った者でないとわからないようだ。

＊＊＊

あっと言う間に時間は過ぎた。

本日は海賊討伐成功を祝う宴を催す日である。

佳の有力者や周辺の氏族を招くため、利民の屋敷は朝から賑《にぎ》わっている。

この宴には、雨妹たちも参加してほしいと利民から言われていた。太子の使者が滞在しているのに、顔を出さないのは利民から冷遇されていると思われてしまうらしく、出ないわけにはいかないようだ。

けれど、公の場に出るとなると面倒臭い点がある。

それは、雨妹もそれなりに着飾る必要があることだ。

雨妹としては当初、太子から貰《もら》っている服は宮女のお仕着せよりも断然いい服なので、特別に着替える必要性を感じなかったのだ。

しかし。

「いや、我々を通して太子を見られるのだから、貧相な格好ではいけない」

そう立勇に指摘されてしまう。

コレで貧相というならば、宮女のお仕着せはどうなるのだろうか？　襤褸《ぼろ》だとでも言いたいのか、などと雨妹は反発心を抱くものの。

――まあ、どれだけ汚れてもいい格好ではあるけどね。

すぐにそう納得する。宮女のお仕着せは、洗濯のしやすさが利点な服なのだ。

ともあれ、なにか服装を考える必要があるとなり、雨妹はどうするかと悩んだ末、とある荷物の存在を思い出した。

――そうだ、佳までの道中で太子に買ってもらった荷物に、服があったじゃない！

その服は都に送っておらず手元にあるため、雨妹は部屋で慌てて服を引っ張り出す。

その服は漢服と洋服が混じったような珍しい意匠で、下衣が褲《こ》――ズボンになっているのだが、それが前世で言うワイドパンツみたいになっていた。早速着てみると、布地の肌触りもいいし、意匠からして大勢の中でも地味に埋もれることはないだろう。

この国での女向けの褲は、労働者の下衣としての粗末なものしかないのだが、それが余所《よそ》行きの意匠としてこんなにお洒落《しゃれ》になっているのは、新鮮であると同時に懐かしい気持ちになる。それに、やはり足さばきが楽だ。

佳独自の褲といい、やはり異国の文化に馴染《なじ》みがあると、こうした新しい意匠に寛容であるようだ。

「いよっし、コレにしようっと！」

雨妹が早速立勇に服を見せに行くと、「殿下が選んだものだから、悪いはずがない」とのお言葉を貰った。どうやらこれでいいらしい。というか、この服の存在を覚えていて、これを着ろと言いたかったようだ。逆に買ってもらっておいてすっかり忘れていた、雨妹が薄情なのだと詰《なじ》られた。

けれど雨妹にとって、甘味以外の脳内の割合なんてそんなものである。

一方の雨妹にやいのやいのと言っている立勇はというと、いつもと大して変わらない近衛《このえ》の格好であるという。

――自分だけちゃっかり楽してる！

文句を言いたい雨妹だが、立勇曰《いわ》く、護衛が目立つ必要はないとのこと。それを言うなら宮女が目立つ必要もないと思うのだが、今の雨妹の立場は宮女ではなく太子の使者であるため、仕方ないのだろう。

――くうっ！　早く楽な身分に戻りたい！

雨妹はそんなてんやわんやがあってからの、宴への参加であったのだが。

宴の場には他にも同じように、慣れないのに招待された仲間がいた。

「よう、お前らまだ佳にいたんだな」

会場内で声をかけてきたのは胡天《フー・ティエン》である。

あの工房で見た時のボサボサヨレヨレな姿とはうって変わり、髪をまとめてスッキリさせパリッとした服装になれば、案外男前に見えた。

「胡さん、来てたんですね」

「おぅよ、こんなところに顔を出すにゃあ服がねぇっつったら、コレを押し付けられた」

そう言って胡が今着ている服を指でつまんで見せる。

——なるほど、あっちも服に困ったのか。

庶民が華やかな場に出るには、やはり同じことに困るようだ。

にしても、胡は利民と親しい発明家であるとはいえ、貧民街に住んでいるため、こういう場に出てくるのに誰かになにかしら言われそうだが。どういう経緯での参加であるのだろうか？

疑問に思う雨妹に、胡が「これだよこれ」と会場の隅にある布が被《かぶ》せてある大きな荷物を指さした。そこに隠してあるものを見せてもらうと、中身は三輪車であった。胡の目的は三輪車の売り込みで、利民に乞《こ》われてのことなのだという。

——どんだけ三輪車を気に入ったのよ、利民様ってば。

けれど三輪車が潘公主復活の立役者には違いないので、そういう意味でも呼んだのだろう。

胡以外では、会場には利民の船の乗組員も大勢来ていた。

というか、彼らこそが本日の主役であるのだ。

なので今回の宴も格式ばったものにせず、庭園に卓を並べての園遊会方式となっている。宴の参加者たちはそれぞれに庭園を歩き回り、それぞれの場所で会話に花咲かせていた。

だが、その一角にて。

「どうしてわたくしが、あのような下品極まりない連中と同じ場にいなければならないのかしら？」

「本当に、利民はその品位が知れるというものですわね」

女が二人、甲高い大きな声で、会場のど真ん中に陣取ってそんな会話をしている。

そう、黄県主とその娘であった。

「呼ばれてもいないくせに、よく言う」

立勇が呆《あき》れ顔《がお》でその集団を見る。

雨妹は当然、戻った利民と立勇に黄県主が突然訪ねてきてのアレコレを報告済みだ。

「自分で毒を持ち込んで、腐らせるとは間抜けだな」

「慣れないことをやるからだ」

立勇にしても利民にしても、黄県主の例の事件の顛末《てんまつ》について「自業自得だ」と断じていた。そして助けた雨妹を「お人よしだ」とも。

——仕方ないじゃん、見捨てられなかったんだから。

これは雨妹の自己満足の行動であって、相手が恩に着るかどうかは、また別問題なのだ。

なもので、もちろんそんな迷惑な存在である相手に対して招待状など出していないのだが、黄県主は宴のことをどこからか聞きつけて来たのである。

黄県主は先日の訪問時よりも豪奢《ごうしゃ》な格好をしており、まるで百花宮での皇帝主催の宴に出席しているかのようであった。娘も同様で、彼女らがいる一角だけ世界が違って見える。

一方で、招待された他の者は港関係者であるため、よく日に焼けた肌をして体格の良い人々ばかりだ。

つまり黄県主母娘《おやこ》は、はっきり言って宴の場で浮きまくりである。利民が招いた客人と黄県主一行ではまるっきり見た目が違い、まるで異国人が交じっているかのようにも見える。

「ちょっと、なんなのかしらあの飾りは！　下品だから下げなさい！」

挙句に黄県主母娘は居座った卓から、使用人に会場の設営についてアレコレと指図をしているようだが、使用人たちは戸惑いが大きいようで、動きが鈍い。

それはそうだろう、この場で仕事をしている使用人たちは、利民が新しく雇った者たちばかりで、黄県主の息のかかった者たちは弾《はじ》き出されているのだから。

実は、残っている数少ない黄県主派の使用人が、黄県主に今の理不尽な仕打ちを受けた末の立場について訴えようとしたようだが、彼らは黄県主に会えなかったらしい。

というか、どうやらこの屋敷自体に精神的な傷が残っていたみたいで、ここの使用人たちが近寄るのを黄県主が禁じたようなのだ。

使用人たちは黄県主こそ自分たちを救い上げてくれる人物だと思っていたであろうに、その当ても外れてしまい、かといって宴の準備で忙しい今、辞めるだなんだという話し合いができるはずもなく。しかし無断で辞めては逃げたとみなされて経歴に傷が付き、今後の人生がフイになる。

というわけで、華やかな屋敷の片隅でくすぶっているしかできずにいるのが、彼らの現状であった。

そんなわけで現在、屋敷の表で働いている使用人に、黄県主に味方をするような者はいない。

だが黄県主はこれまでの振る舞いが許されないことが未だ理解できず、周りから白けた視線を向けられていることにもまた、イライラしているようだ。

そんな黄県主母娘のせいで、気楽な雰囲気の宴だったはずが、微妙な緊張感をはらんだものになっていたのだが。

「利民様、潘公主、おなりー！」

そう告げられたことで、会場内の意識が黄県主母娘から逸《そ》れる。

なにしろ、ずっと雲隠れしていた潘公主が、久しぶりに表に現れるのだ。

「病気ではないか？」「夫との不仲で、都へ里帰りしたのではないか？」など他にも様々な噂《うわさ》が飛び交っていた中での、この宴である。客人には、潘公主の姿を見ることの方が主目的である者もいるくらいだ。

ワアッ……！

会場内が歓声で賑わう中、屋敷内から利民と潘公主夫妻が出てきた。

「おお、潘公主だ」

「病に臥《ふ》せっておられたという噂だったが、お元気になられたのだな」

客人が口々にそう話をしているのが聞こえる。

同時に。

「しかし、あのようなお方だったかしら？」

「ねぇ、なんだかお美しくなられたのではなくって？」

会場内の女性たちが潘公主の姿を目にして、ひそひそと話している。

——うんうん、いい反応！

雨妹はそんな様子を観察しながら、ニマニマした。

生憎《あいにく》と雨妹は、痩《や》せ過ぎな潘公主の姿しか知らない。けれど立勇情報だと、百花宮にいた頃はかなりふくよかな体型だったとか。いわゆる色白ぽっちゃりで、口さがない者からは「白豚」などと揶揄《やゆ》されることもあったという。

その潘公主は、現在では程よく筋肉がついて引き締まった身体になった。うっすらと日焼けした肌は、佳の民ほどの小麦色ではないものの、きちんと肌の手入れをした上での日焼け肌なので、魅惑的にも見えるのだ。

——ふふん、どうよ⁉　この新しい美人の姿は⁉

なにしろ外見が劇的変化を遂げたので、持っていた衣服や化粧品が似合わなくなり、全てを一から作り直したのだから。


潘公主が宴に臨むにあたって、まずは衣装の問題が上がった。

というか、衣装についてはかなり前から問題になるのがわかっていたので、取り組んでいたというのが正しいだろう。

潘公主が持っていた服、特に宴で着るような豪奢な衣装は全て、都で作らせたものばかりだった。あれらは色白の肌に合わせた色合いばかりで、今現在の潘公主には似つかわしくない。それに都の衣装はたいていがほっそりした痩せ過ぎ体型を前提にしているので、体型的にも似合わないのだ。

というより、裕福な者はより多くの布を使った衣装にすることで、その財力を示すという面もあって、やたらと嵩張《かさば》る服を着ることになる。そうなると、よほど細身でないと膨張して見えてしまう。フワフワヒラヒラとした都風の衣装は、横への広がりが魅力である一方で、ぽっちゃり体型を余計に太く見せてしまうのだ。

こうした衣装を以前のぽっちゃり体型だった潘公主が着ると、そのぽっちゃり具合を強調してしまったことであろう。

――ぽっちゃりさん向けの衣装を考えた仕立て屋って、都にはいなかったの？

これが百花宮の流行なので、その流行に則《のっと》った意匠となったのだろうが、なんというぽっちゃりに優しくない流行だろうかと、雨妹は同情する。まさしく、流行ありきで体型を視野に入れない衣装選びが起こす悲哀である。

現在の潘公主はぽっちゃりではなくなったとはいえ、色白の痩せ過ぎ体型ではないため、当然ながら都風の衣装はやはり似合わない。

そこで雨妹は最初、別の衣装を模索するべく、黄家の女たちの衣装を参考にしようかと思ったのだが、ここで躓《つまず》いてしまう。

なんと黄家で宴といえば酒盛りで、着飾って談笑するような会合はあまり開かれないのだそうだ。誰もが着飾って集《つど》うようなことはせず、仕事着のまま豪快に酒を飲むのが常らしい。

今回の宴は、どちらかというと都や取引相手に佳の健在ぶりを知らしめるためのもので、黄家では珍しいものであるとのこと。

そんなわけで、黄家風の宴用の衣装などというものは存在しないらしいのだ。

唯一の例外が黄県主だが、彼女は黄大公との融和が成った皇帝の後宮へと入るべく、都人に染まろうとしたのであって、彼女が黄家の基準ではない。

それはともかくとして。

つまり、ここでは宴の衣装の流行がないというのならばと、雨妹は佳の仕立て屋に新しい型の衣装を作ってもらうことにした。

なにせ健康的に体型作りをした潘公主は、結果としていわゆるポンキュッポンな魅力的な身体へと変身を遂げていた。この魅惑の身体を、嵩張る布地で覆い隠すなんてもったいないことだ。

この身体の線を隠さないという衣装の方針は、案外佳で普及している庶民服とも共通していて、佳発の流行としてイケるのではないか？　と仕立て屋も同意したところで、どんな風にするかと考える。

いくら佳風の衣装を作るとはいえ、上衣の袖無《そでな》しは奇抜過ぎるため、他の高貴な人々には受け入れられないかもしれない。かといって上衣の素材を透ける布地にすると、軽さのためにふんわりしていて可愛らしい意匠に偏ってしまい、ちょっと違う。

そんな悩みに行き当たる中、雨妹はこの国では珍しい、そして前世的には懐かしい布地を見つけてしまったのだ。

それは船が海の向こうから運んできた、レース布地である。

――これよ、これ！

雨妹はこの発見に歓喜した。

このレース布地は、上衣の素材にすると抜け感がありながら落ち着いた雰囲気となった。袖も手首が露《あら》わになるくらいの長さにして、下衣もフワフワしないスッキリした意匠で、裾《すそ》も足首が見えるくらいに調節する。

これで袖と裾を長いズルズルにする都風とは違うし、やたらと上から重ね着したり飾りをつけたりとゴテゴテしない点でも違う。

色は海に見立てて、青に染めてもらった。

こうして仕上がった衣装は、金持ちの衣装にはより多く布を使うことが推奨される流れとは、逆を行くものであるが、不思議と貧相に見せない風格があった。使われた布地は少ないものの、その質が非常に高いことや、施された刺繍《ししゅう》の繊細さなどは、見る者が見れば明らかであろう。高価な布地を用意できるのも、流通の要である佳ゆえだ。

そしてこの衣装と同時に考え、衣装よりも苦労したのが、化粧品だ。

なにしろ似合う化粧品を、それこそ一から作ったのだから。

化粧品についても衣装同様に、今まで使用していた白粉《おしろい》が肌に合わないという問題が前々から認知されていた。なので男たちが海賊退治に忙しい間にも、色々と化粧品を取り寄せて試していたのだ。

この辺りの女たちは化粧っ気がないため、日焼けした肌用の白粉自体がなかった。この日焼けした肌に、百花宮でよく使われる白粉をつければ、幽鬼みたいな仕上がりになってしまう。

そのため白く見せることを目的としない、白粉ではない化粧粉が必要となり、業者を巻き込んで超短期間での新商品開発となったのだ。

これには、業者の選定から苦労が始まった。

まずは黄家の御用聞き商人を呼ぶと、百花宮にも出入りしているという者が来たのだが。

その商人に白粉を見せてほしいと言えば、「とりあえず白くなれば満足なんだろう?」と言わんばかりの態度で出されたのは、雨妹が以前懸念していた鉛入り——鉛白の白粉だった。

それを出して「これを使えばあっという間に白くなりますよ」と語る商人に、「白くなりたいのではなく、このままの肌に化粧をしたい」という意見を返すと、意味不明だという顔をされた。それ以外のものを所望しても、「これが一番いいのです」としか言わない始末。

——鉛白以外の白粉を持っていないのか!?

とりあえずこの商人には即刻お帰りいただいた。

外れを引き当ててしまったとガックリする雨妹は、コレが黄家や百花宮に出入りしている商人かと考えると、御用聞きを選んでいる者の質を疑ってしまう。

江《ジャン》貴妃の所へ出入りしている商人は、まだまともそうだったのだが。

ともあれ、二度もこんな不毛なやり取りはしたくない雨妹が次に目を付けたのが、鉱石を扱う業者だった。

そう、もういっそ化粧粉の原料を入手してしまおうというわけだ。

それに雨妹は探す鉱石のアテがあったりする。

鉛白の白粉は、前世でも大問題となった歴史がある。白っぽい鉱物粉は鉛白以外にもあるのだけれど、肌への馴染《なじ》み具合が段違いで良いということで、鉛白白粉に有毒性が指摘されても、なお使い続ける人が多かったそうだ。

そんな大問題を回避するための商品が、雲母《うんも》の粉――ファンデーションの原料である。

雨妹が鉱石商に「雲母が欲しい」と告げると、「何故あのクズ石を欲しがるのか？」と疑問顔をされた。

この雲母というのが、この国では採れる場所がそう多くない上、色もあまり綺麗《きれい》ではないため、宝石としての価値はいまいちというクズ石扱いを受けていたのである。

雨妹は鉱石商から謎に思われながらも、雲母はすぐに入手できた。

なんと、雲母は佳の近くの山で採れるのだという。小遣い稼ぎで持ち込まれるらしいが、正直扱いに困って倉庫で死蔵させているそうだ。

これは、雨妹にとってはまたとない幸運であった。

雲母をできるだけ色違いで揃《そろ》えてもらい、その中で潘公主の肌に合いそうなものを選定し、それを細かい粉にしてもらう。

鉱石商はまさか雲母が化粧品になるとは思っておらず、しかも黄家の若君の妻である公主が使うという、いわばお墨付きを得るような商品となることに驚愕《きょうがく》していた。

特にこのあたりで採れるという雲母粉は滑らかな肌触りでとても質が良く、色も様々であるので、色々な肌色の者に合いそうだ。

そしてこの鉱石商が鉱石を卸している白粉商から聞いたという白粉事情を、雨妹に話してくれたのだが。

白粉の市場を鉛白がほぼ占有していて、取り扱いも金持ちの御用聞きをしている一部の業者が独占している状態であるという。

白粉とは庶民からすると高価な贅沢品《ぜいたくひん》であるので、そこは無理もないと思うのだが、何故鉛白以外の白粉の取り扱いが少ないのか？

その答えは、他の鉱石から作った白粉は鉛白の白粉ほど使用感が良くないという客の評判もあり、わざわざ使い辛《づら》い白粉を作る手間がもったいないと考える商人が多いからのようだ。

鉛白の白粉は、その使用感の良さという付加価値もあって最高級品であり、他の鉱石粉で鉛白より安くできるものがあっても、作っている数が少ないことから希少価値が付加されてやや高価になる。ならば少し無理をしてでも鉛白の白粉がいいと、考えてしまう客が多いらしいのだ。

高価な鉛白の白粉だけを勧めてくる商人がいるとなると、白粉を探す百花宮の女たちの苦労が偲《しの》ばれるというものだ。

江貴妃のところへ出入りしている商人のように、品数が揃っている商人だってちゃんといる。けれど品数を持てる商人とは、商いの規模が大きくて余裕のある商人であろうから、それこそ江貴妃のような金持ち相手に御用聞きをしていることだろう。

その金持ちのおこぼれに与《あずか》れる女たちはいいが、そうでない女たちはどうするのか？　最高級品である鉛白の白粉の一択なのか？

幸いにというか、宮女仲間は白粉なんてできる身分ではなく、せいぜい紅程度で、雨妹はそのせいで白粉事情に疎かった。白粉といえば、辺境の里で晴れの日に化粧をする女が、白粉代わりに片栗粉を使うのを知っているくらいだ。

百花宮にだってもしかして白粉が手に入れられずに、片栗粉の白粉をしている妃嬪《ひひん》がいるのかもしれない。

──それってば可哀想《かわいそう》！　夏に汗を掻《か》いたらドロドロじゃんか⁉

雨妹は想像すると泣けてきた。

そんな切ない話はともかくとして。

雲母の粉を混ぜては肌に試用してみるという作業過程に、潘公主が文句を言うことなく付き合ってくれたおかげで、丁度良い色合いの化粧粉ができた。

そして今、それらの苦労が報われたのである。

佳風の衣装と都風の顔立ち、そして不思議な光沢がある肌とが混ざり合い、なんとも言えない魅力を生み出している潘公主に、会場内がざわついている。

「ふっふっふ、せいぜい驚くといいのです！」

それが我がことのように嬉《うれ》しい雨妹の隣で、立勇も感心している。

「以前の潘公主を知る者は、目の前のお方が同一人物とはわからないだろうな」

これに、雨妹は「ふふん！」と鼻高々だ。

「明日から潘公主は佳から新しい流行を生み出した立役者ですよ。この衣装の真似《まね》っこ版が、すぐにも店頭に並ぶはずですから。化粧粉も一緒に売り出す計画です」

布地の質は落とし、レースも刺繍布を上手くレース風に加工したものになるものの、それでもきっと佳の女たちの心を掴《つか》むだろうと、仕立て屋がほくそ笑んでいたものだ。

それと化粧粉を組み合わせて進めれば、誰でも潘公主みたいになれるというわけだ。

ところで、新しい衣装で着飾った潘公主を見た利民が、呆《ほう》けすぎて腰を抜かしたことは、語らずとも良いことであろうか?

一方会場内では、潘公主が佳風の衣装を着たことが、佳の民の目にはこの地に根を下ろすという意思表示にも映ったようだ。

パチパチパチ……。

どこからともなく拍手が沸き起こり、やがて会場内に満ちてゆく。

その拍手の波に驚いた顔をした潘公主の肩を、利民がぐっと掴んだのが見えた。

そして利民が、会場内に語り掛ける。

「皆さん、私の力不足で長らく海賊被害で苦しむ状況を作ってしまったことを、心よりお詫《わ》びしたい。しかし、その苦しみはもう終わりです！　これからは明るい未来について語り合おうではないですか！　乾杯！」

「「「乾杯！」」」

乾杯の声が響き、再び拍手が上がる。

「利民様って、声が通るしああして喋《しゃべ》れるし、案外演説上手ですね」

感心する雨妹に、立勇が応じる。

「海の男は声が通らなければならないし、利民殿には船の上で培われたいざという際の実行力もある。口が上手いだけでは駄目で、実行力があれどもそれに人がついてこなければ意味がない」

なるほど、利民が佳を任されたのは、父のコネだけではなかったということか。

ともあれ、こうしてお祝い気分一色な会場の中。

唯一黄県主母娘の二人だけが、憎らしそうな顔をしていた。


利民の挨拶《あいさつ》が終わったら、宴は無礼講である。

すると人気なのが、胡の三輪車だ。案の定、港に出入りする商人たちが食いついた。荷車ほど場所をとらず、徒歩よりも荷物を運べるというちょうどいい大きさは、やはり画期的なのである。

さらには、潘公主が利民と一緒にやってきて、ひょいっと乗ってみせたのもよかったのだろう。裾丈をズルズルにしていないため、乗ることに支障がなかったのだ。

そのおかげで馬と違って女が乗ってもいいものだと認識されたようだ。早速、佳でも国中に商いの伝手《つて》を持つという大手の商店が、一緒に売り出さないかと誘いをかけていた。

——うむ、ぜひ百花宮にも売りに来てね！

そして宮女たちの仕事をより楽にしてほしいものだ。

こうして盛り上がっている会場だが、利民はずっと潘公主と一緒にいるわけにはいかない。船員たちをねぎらわねばならないし、潘公主にも会場の女性たちとの交流という役割がある。

さり気なく利民夫妻の近くをウロウロしていた雨妹と立勇に、利民が囁《ささや》いた。

「すまねぇが、ついていてやってくれ」

「承知しました」

「任されましょう」

雨妹と立勇の返事を聞いた利民が、船員たちの所へ行って潘公主から離れたかと思ったら。

「潘公主、お久しぶりにございますわね」

「ほんとうに」

まるで待ってましたと言わんばかりに、そう呼びかけながら黄県主母娘がやってきた。

前回の突撃訪問では顔を合わせなかったので、久しぶりであるのは確かだろう。

「まあ黄県主、お久しぶりね」

潘公主は一瞬緊張したようだが、すぐに笑顔を作って二人を迎えた。その様子に黄県主は不満げな顔をする。

――見下す口の利き方が、癪《しゃく》に障ったんだろうな。

けれど、潘公主と黄県主の立場ではこれが正しいのだが、それでも持ち前の気位の高さが許せないようだ。

しかし、黄県主はすぐに切り替えて話をする。

「聞きましたわ、海賊ですってね？　潘公主におかれましても、この度は恐ろしい思いをされましたのでしょう？　お労《いた》わしいことですわぁ」

黄県主は多少大げさなほどの憐《あわ》れみの態度であった。

「それに、長らく臥《ふ》せっておられたと聞きましてよ？　きっと、都のお方には佳の漁師気質が合わないのではないでしょうか？　ああやはりかと、わたくしどもも心配しておりましたのよ？」

――よく言うわ、このオバサン。

彼らの近くに控えている雨妹は、「うへぇ」と声を小さく漏らす。黄県主は、潘公主が佳を良く思っていないという印象を、他の客たちに与えたいらしい。

しかしこれに、潘公主がニコリと微笑んだ。

「まあ、ご心配ありがたく思いますわ。確かに都からやってきて、全く違う環境に慣れないことから、少々病んでしまったのですが。利民様の御助力をいただき、なによりお食事で出てくる新鮮な海鮮が美味《おい》しくって。今ではすっかり佳の虜《とりこ》ですの」

潘公主からハキハキとした返答があると思わなかったのか、黄県主が一瞬硬直してから。

「……そうなのですか」

かろうじて、そう応じていた。

立勇情報だと、潘公主はそもそもが決して口が回らない人ではないという。後宮に生きる女たちと、普通に渡り合えていたそうだ。それが慣れない土地へ嫁ぎ、味方がほとんどいない中で、気力を失《な》くしてしまっていたようである。

そして黄県主はその気力のない潘公主の姿しか知らず、彼女のことを「押せば簡単に倒れる性格だ」とでも勘違いしていたのだろう。さらには利民が屋敷内を一掃したことで入り込ませた人員が消え、情報が改められていなかった。

思っていたような反応が得られなかった黄県主が、苦いものを飲み込んだような顔になり、視線を彷徨《さまよ》わせていると。

「玉《ユウ》、伯母上となにを話しているのですか？」

利民が船員たちの下からこちらへ戻って来た。しかも「潘公主」ではなく親しげに名を呼んだことに、周囲の客が驚く。

「利民様、佳は住みよい所だという話をしておりましたの。海賊の問題も解決したのですし、また港に出ても良いでしょう？　わたくし、利民様がいつ連れて行ってくださるかと、楽しみにしておりますのよ！」

潘公主がおねだりをするように利民にお願いする。これは黄県主への演技ではなく、潘公主はもう一度港へ行きたがっていた。なので本気の笑みを浮かべているし、声にも絶対に行きたいのだという気迫が感じられる。

「おや、では近いうちにぜひ、私の船をお見せしなければなりませんね」

「本当に⁉　嬉しい！」

二人で盛り上がる夫妻から、黄県主母娘は無言で遠ざかっていく。本来ならば目上の者に無言で立ち去るのは無礼なのだが、そんな礼儀を整えることすらできなかったようだ。

——うん、薄々思っていたけど、潘公主ってちょっと天然さん！

そしてこの新婚熱々ぶりに、宴の客から「黄家の若旦那《わかだんな》夫婦は安泰だ」という話が広がるのだった。

＊＊＊

黄県主は混乱していた。

――どういうことなの、なにが起きているの？

夫とも、義弟とも急に連絡が途切れてしまったところへ、利民が「海賊討伐戦勝の宴」を開くという噂が、他の黄一族伝手に届いたのだ。

まさか利民が海賊討伐に成功するなど、黄県主は考えてもみなかった。あの海賊たちは、他国でも名の知れた腕利きであるという話だったのに。

黄県主はもちろん、その夫も義弟も武術に関しては無知であったので、本当に腕利きであるのかということを知る術《すべ》はなく、周囲で薄々勘づいていた者は余計なことを言って不興を買い追放処分になりたくなかったので黙っていた、というのが本当のところだが。

海賊が討伐されたということは、度々海賊の根城を訪ねていた夫はどうなったのか？　そういえば、今回はずいぶんと長逗留《ながとうりゅう》だと思っていたところへ、この知らせである。

黄県主は「もしや」という不安に急《せ》き立てられるように、娘共々今回の宴へ出かけた。

しかしなにが起きているのかわかっていない、そもそも両親がなにをしているのかも知ろうとしない娘は呑気《のんき》なもので、「突然なことで衣装を用意できていないのに」とブツブツと文句を言っていたが。

到着した佳の入り口の通りで人が集《たか》っている場所があり、黄県主は軒車《けんしや》の御者に「あれはなにか?」と尋ねると。

「ああ、海賊たちの首見物ですね」

この御者の話を、黄県主と娘はなんのことだかわからなかった。しかしその集っている隣を通りすぎる際、自然と目が行く。

「ひっ!」

すると板の上に首が並べられている様を見てしまい、口を手で押さえる。娘の位置からは首は見えなかったようで、不思議そうな顔をしていたが。

首の中に、黄県主も一度会った頭目の男のものがあった。ということは、本当に海賊は討伐されたのか。

黄県主は青い顔をしながら、気色悪いのを堪《こら》えてもう一度首を見る。あの中に、夫のものはない。どうやら無事に逃げおおせているようだ。

——大丈夫、まだ大丈夫だわ。

黄県主がなにが大丈夫なのかはあえて考えないようにしているうちに、軒車は利民の屋敷に到着した。

利民の屋敷前は、軒車が連なって待っていた。

通常であれば、黄県主の乗っている軒車を優先して通すべきであり、そのために屋敷から家人が飛んできて待たせたことを詫びるのだが、いつまで経っても誰も来ない。御者に言っても「仕方ない」と言うばかりで、この自分が待っているということを、重大な問題だとわかろうとせず。

苛立《いらだ》ちが募った時、ようやく黄県主の軒車は入ることができた。

しかし、使用人たちの出迎えがない。見覚えのない門番の、軽い挨拶があっただけである。

他にも屋敷の人員が、自身が知らぬ間に変わっていることに、黄県主は更に苛々するのを隠せない。

これまでは自分が屋敷を訪れると、屋敷を挙げて出迎えたというのに。今回は「お約束はされていたのでしょうか？」とこれまた見知らぬ家令からいらぬことを言われ、何故そのような詮索《せんさく》をされるのだと怒った。

黄県主が用意してやった者たちが一体どこにいったのかと疑問に思っていると、下働きのみすぼらしい使用人から声をかけられた。

それは見覚えのある、黄県主が屋敷に入れた使用人であった。

「お会いできてよかったです、私を助けてくださいますよね？」

そう言ってきたその使用人の口元が、ニタリと歪《ゆが》んでいるのが見て取れる。

そして気付く、この者はあの茶会にいたのだと。

「無礼な！　使用人ごときが！」

黄県主は強く叱責して、その場を足早に通り過ぎることしかできなかった。娘は使用人と黄県主を見比べ、結局なにも言わない。

——全く、一体どうなっているの？

黄県主はこれまで、何者が相手であっても自分を優先させてきた。

……それが唯一、通らなかったのが後宮であったが。あれは人生の汚点であると同時に、予定を大きく変えさせられた瞬間であった。

贅沢《ぜいたく》と権力が大好物であった黄県主は、ではと娘に望みを託すも、それも叶《かな》わず。

ならばと大公の座を狙えば、それを邪魔するのが利民とその父だ。

「船乗り風情が」と視界にも入れていなかった連中が、今黄県主の邪魔をしている。

利民が公主を娶《めと》ったと聞いて見に行った時には、当人を見て「ああ、ハズレ公主を押し付けられたのか」と安心した。それに公主として後宮で蝶《ちょう》よ花よと大事に育てられ、贅沢を極めた生活を送っていた女が、船乗りの夫をよしとできるはずがない。

そう思っていたのに、今日のアレは一体なんなのだ？

宴の席に現れた潘公主は、百花宮でも噂の四夫人のような、美しさを誇る女たちのようではなかったけれど、不思議と目を惹《ひ》くものがある。黄県主が理想とする美しさとは、程遠いものではあるのだが。

あの潘公主を、黄県主は「綺麗《きれい》だ」と思ってしまったのだ。

——そんなはずがない、あのような姿が、美しいはずがないのよ……！

黄県主は一人ギリギリと歯ぎしりをしながらも、辛抱強く待ったのだが、夫からも義弟からも接触はなかった。

そしてこれから宴が盛り上がるという時に、黄県主は屋敷を出た。

「お母様？　滞在するのではないの？」

「……どうせ物置に案内されるというのに？　お前はそれでいいの？」

「嫌ですけれど、なら何故来たの？」

娘からの疑問に、黄県主は沈黙を返した。

娘は、黄県主に逆らわないように、扱いやすいように育てた。けれど黄県主はこの愚鈍さに苛々する。全ては己の行いの末のことであるのだが、それら全てを受け入れられない。

今日はこれから隣の宿場町まで行くのは無理なので、佳の宿に泊まろうとしていた。

黄県主がなにひとつ思い通りにいかない現状に鬱々《うつうつ》としていると、突然、軒車が止まる。

「やっと着いたの？　全く、車もまともに通らないとはなんて街なのかしら」

黄県主は文句を言いながら、軒車の窓を開けて外を見た。降りる前に宿を見て、不満があればすぐに他に向かわせようと思ったのだ。

けれど、窓から見えた景色は、予想外のものであった。

「どういうこと？」

「お母様、どうなさったの？」

眉《まゆ》をひそめる黄県主に、娘が尋ねる。

しかし黄県主は娘に構っていられない。

窓の外は、宿ではなかった。

それどころか、佳の街並みすら見られない、ただの真っ暗闇だ。

利民の屋敷を出たのは、日が暮れ始める頃。しかし佳の街中であれば、店が掲げる灯りで明るいはず。

なのに、今どうしてこんなに暗いのか？

その答えを得ようと御者を問いただすべく、そちらの窓を開ける。

「ちょっと⁉　どこなのここは⁉」

黄県主は怒鳴りつけるが、よくよく見ると窓の向こうの御者席には誰も座っていない。

――どういうことなの？

状況がさっぱりわからない黄県主が御者の姿を探して、外を見る方の窓に再び視線を戻した、その時。

その窓から、布の包みが投げ込まれてきたのだ。

「ひっ⁉　なに⁉」

娘が悲鳴を上げた。赤黒い染みのついているその包みから、なんともいえない異臭がする。そしてそれほど頑丈に固定されていなかったのか、包みが解《ほど》けて中身が零《こぼ》れ出た。

「ひいぃっ⁉」

「きゃあぁ――っ⁉」

黄県主は声にならずに息を呑《の》み、娘が大声で悲鳴を上げる。

包みから零れ出たのは、人の頭部。

そう、生首だったのだ。

しかも、見覚えのあるその顔は、黄県主の夫のものだった。

「いやぁ――っ！　向こうにやって！」

黄県主はかろうじてそれを夫と認識できたが、娘は死して形相の変わり果てた父の顔を判別できないのだろう、足で生首を蹴《け》りつけている。

――なんてことなの……。

戻らないと危惧《きぐ》していた夫が、まさかこのような変わり果てた姿になっていたとは。

「これは、どういうことなの!?」

誰ともなしに問いかけた黄県主だったが。

「どういうことかは、そちらがよく理解されているものだと思うが？」

軒車の外からそう声がしたかと思ったら、バン！　と扉が開いた。

「先程ぶりであるか、黄県主」

そしてそう呼びかけてきたのは、宴で潘公主の傍《そば》にいた都人の武人の男であった。

「お前、もしや使者のもう一人か!?」

黄県主の問いかけに、男が小馬鹿にするような顔をする。

「そのようなことすら知らぬとは、宴の席で誰からも相手にされなかったと見える。それにかの者から助けられた身でありながら、それを恩義に感じることもないとは、見下げた輩だ」

男はそう言うと、腰から剣をスラリと抜いて、こちらに突きつけてきた。

「ぶ、無礼者！　わたくしにそのような態度をとって、しかも、わたくしの夫にこのようなことを……！　どうなるかわかっているのでしょうね⁉」

黄県主が叱責すると、男は眉を上げてみせた。

「ほう、黄県主はまだ今の状況を理解できないか。ならば教えて差し上げよう。その生首の主は海賊の根城で酒盛りに興じていたのを捕らえた。取り調べた結果、あろうことか潘公主と太子の御遣いの娘まで捕らえて売り払おうと計画していた。その行いのあまりの悪逆非道さゆえ、こうなったわけだ」

「そのような話など知らぬ！　それに、なんという野蛮なことを……！」

黄県主がそう突っぱね、逆に詰《なじ》ると、男はギロリと睨《にら》んでくる。

「野蛮？　皇帝陛下の御子《みこ》に手を出すということは、こういう結末が待つとわかっていたはず。皇族を甘く見ていたから、このようなことになる」

男がそう言い放った直後。

「いやぁ――っ‼」

娘が現状に耐えきれず、精神が恐慌状態になったのか、悲鳴を上げながら軒車の反対の扉を開けて外に出ようとする。

しかし、その足もすぐに止まってしまう。

「ひいっ⁉」

飛び出した娘に、剣が突きつけられている。暗闇に紛れている黒ずくめの姿の者たちに、軒車は取り囲まれていたのだ。

「わ、わたくしは黄県主！　わたくしになにかあれば、黄大公が黙ってはいない……」

「その黄大公から、あなたの身柄は好きにしてよしとのお言葉を頂いている。よほど目に余ったらしい」

「そんな、そんなはずはない！」

ここまできて黄県主はようやく現状がわかってきて、ガタガタと震え出す。自分が自分であるための土台が、崩れ落ちていく音がする。

「助けて、お母様！　ぎゃぁあーっ！」

軒車の外で娘の悲鳴が聞こえても、黄県主は身体が動かず、その身の無事を確かめることすらできない。

ただただ、震えて座っているだけの黄県主が、御者席側の窓から剣が差し込まれたことに気付いたのは、その剣が己の身に沈み込んだのと同時のことだった。

「……あ？」

弱々しいうめき声が、黄県主の最期の言葉となった。

「公主方のお目に、汚らわしいものを入れたくないのでな」

そう言った男——立勇が手を挙げると、黒ずくめの一人が軒車に火を放つ。

軒車から出た娘の方は、斬られたものの命に係《かか》わる重傷ではなく、斬られた衝撃で意識を失ったままに放置された。

娘は積極的に悪事に加担していたわけではない故のこの扱いだが、かといって積極的に助けてやる理由もない。なので、運が良ければ助かるかもしれない、という程度の希望を持たせてやることにしたのだ。

かといって助かったとしても、もはや黄家に娘の居場所はなく、一庶民として生きるしかないわけだが。それを生き抜けるかどうかは、娘の気概次第だろう。

佳の郊外にて、火事で燃え尽きた軒車が発見されたのは、その翌日のことであった。

＊＊＊

「よいか雨妹、宴が終わったらすぐに部屋に戻り、私が帰ってくるまで決して出ないように。警護は利民殿にくれぐれもと頼んである」

「……はあ、まあ、いいですけど」

雨妹とそんな会話を交わした立勇が出かけて行ったのは、戦勝の宴の最中のことだった。

雨妹としては、わざわざ立勇のいない間に屋敷を抜け出してやりたいことがあるわけでもなし。それよりもこの宴へ向けての準備で、バタバタと忙しかったために疲れが溜《た》まっていて、宴の後はとっとと寝てしまった。

そして朝スッキリと目を覚ますと、立勇はもう屋敷に戻っていた。

――昨日の夜、なにをしていたんだろう？

なんとなく、綺麗なお姉さんと仲良くなる店に遊びに行っていた、とかではないだろうと、昨日出かける際の真剣な様子を思い出す。むしろあれは、前世で雨妹が勤めていた病院の院長が人事について考えている時に似て、なにか物騒なことを企《たくら》んでいるような顔だった。

けれど雨妹になにも告げなかったのだから、自分の知る必要のないことなのだろう。

そのあたりの事情に好奇心が湧きあがらないわけではないが、好奇心を向ける方向性を間違ってはいけないことだって、雨妹は知っている。

このあたりの判断の分かれ目は勘であり、後宮で平和に生きるための必須《ひっす》能力だ。

そう割り切って、昨夜の立勇の挙動は放っておくことにして、考えるのは本日の予定だ。

雨妹のこの屋敷での仕事は、昨日の宴での潘公主のお披露目で完了である。となると、すぐに都へ帰ることとなるのだが。

――帰る前に、皆にお土産を買いたいなぁ。

美娜《メイナ》や楊《ヤン》、医局の陳《チエン》に、街歩きの際に気になったものはちらほらと買っているが、もっとなにかしらの港ならではのものを用意したいものだ。

「というわけで、お土産を買いに出かけたいです！」

「……帰還の準備があるが、まあそのくらいの時間はとれるか」

こうして立勇の許可も出たところで、雨妹は彼を供に港へ繰り出すことにした。

利民に軒車を出してもらい、港に近くなり細い路地に入れなくなったところで降りると、そこから港方面へと歩いていく。

「わぁ、なんだか、前に来た時よりも賑《にぎ》やかですねぇ！」

雨妹は港近くの商店が立ち並ぶ通りを眺めて、目を見張る。

以前に訪れた際も十分に賑わっていたのだが、現在の人でごった返す様子を見てしまうと、あの時は空《す》いていた方だったのかとわかる。

それに、もう三輪車が走っているではないか。

三輪車はまだそこまで台数がなくて、今乗れているのは試乗目的で乗らせている利民の関係者のはず。人込みの中を縫うように走る三輪車は、新しい乗り物として通りの人の視線を引き付けていると同時に、港の風景に溶け込んでいるようにも見える。

――やっぱりいいなぁ、三輪車！

けど、抜かりはない。利民から今回の仕事に対する礼として贈られる品の中に、三輪車が入っているのだ。ちなみに太子へ一台、雨妹に一台の計二台である。

隣の立勇も、同じく三輪車が活躍する様子を見ていたようで。

「都は昨今、人口の増加が様々な問題を生み出していて、特に荷馬車の混雑が問題になっている。三輪車が解決の一助になるやもしれんな」

そんな意見を述べていた。

なるほど、栄えている場所の問題は、日本もこの国も変わりはしないということか。

ともあれ、そうやって賑わう通りを歩いていくと、屋台から美味しそうな匂いが漂ってくる。

屋台ではこちらも早速、フライ料理が売られていた。饅頭《マントウ》に挟んで売っていたり、フライだけを売っていたりと様々だ。

つけられるタレはタルタルソースだったり、大蒜檸檬《にんにくレモン》ダレだったり、またはそれらに独自に手を加えたタレであったりと、それぞれに違った味付けで勝負していた。

雨妹はフライに興味はあるものの。

「まずは、イカ焼きっと！」

「雨妹よ、そんなにあの不気味な物体が好きか」

イカを焼いている屋台に足を向ける雨妹に、立勇が若干嫌そうにため息を吐く。どうやら前回食べて味は受け入れられても、やはりあの見た目にどうしても拒否反応が出るらしい。

けれどそんな立勇を気にしないことにして、雨妹は今回小さく切ってあるものではなく、小ぶりなイカを姿焼きにしてあるものを買った。

「……」

立勇が雨妹が持つイカを見ないようにしていて、できれば遠ざかりたいけれど護衛としてそれはできないという、微妙な葛藤《かっとう》をしているらしいのを、横目に見ながらかぶりつきつつ歩いていると。

「お、いつかの嬢ちゃんじゃねぇか」

傍らからそう声をかけられた。

「はい？」

雨妹が振り返る前に、立勇が立ちふさがる。その背中越しに声の方を見れば、魚売りのおじさんがいた。そしてよくよく見てみれば、海賊被害の際に乗った漁船の主ではないか。

「あの時はどうも、乗せていただき感謝する」

立勇も気付いたらしく、雨妹を背後に庇《かば》う姿勢は崩さないものの、軽く目礼をする。

「いやぁ、おたくらに世話になったのはこっちの方さ！」

おじさんはそう言うとニカリと笑い、ヒラヒラと手を振った。

「魚を売っているんですか？」

雨妹は立勇の背中から顔を出し、おじさんの前に並ぶ魚たちを見る。

「おうよ、朝獲《あさど》れだぜ？　都人にゃあ、海の魚は珍しかろうて。現物を見たことあるかい？」

「佳に来て、初めて見ました！」

自慢げに話すおじさんに、雨妹は正直に返す。前世を計算しないのなら、尾頭付きの生魚なんて、佳で見たのが人生初だ。

「私もだ、川魚とは違うものなのだな」

「はっはぁ！　川魚なんざ話にならんさ、海の魚の美味《うま》さはよぅ！」

立勇もそう言うと、おじさんは嬉《うれ》しそうな顔をする。おじさんは心底、海が自慢であるようだ。

「あの、魚の丸焼きって食べられますか？」

魚は利民の屋敷でも食べたのだが、いかんせんあそこの料理はお洒落《しゃれ》に盛られていて、一匹丸焼きなんていう料理は出なかったのだ。

「ああ、買った魚を浜辺で焼けるぜ」

おじさん曰《いわ》く、浜辺には漁師小屋があり、そこの焚《た》き火《び》で焼けるのだという。

——やった、食べたい！

というわけで、雨妹はおじさんのところからアジやサザエ、大ぶりのエビを買って、浜辺の漁師小屋へ行く。

浜辺では漁師たちがちょうど昼食時なのか、火の周りに集まっていた。そこに雨妹は交ぜてもらうと、早速魚を焼く準備だ。雨妹が漁師から借りた刃物でアジの内臓をとる。

「アンタ都人だろう？　よく捌《さば》き方を知っているなぁ！」

すると漁師たちから感心されてしまう。

「ちょっと、やり方を聞きかじっていまして」

雨妹は立勇を気にしつつ、そう言ってごまかす。その立勇は、雨妹の手元を興味深そうに見ている。

「川魚で、そのようなことをしたことはないが」

「海の魚にゃあ、毒があるのもあるからな。中はとるんだよ」

立勇の疑問に、雨妹ではなく漁師が答えた。それを聞きながら、串刺《くしざ》しにしたアジやエビを炙《あぶ》り、サザエを火の傍に置く。

それからしばし待ち。

——もういいかな？

いい香りがしてきたので、雨妹はまずアジの串を火から外すとガブリとかぶりつく。

「おいひい～♪」

立勇もアジに齧《かじ》りつくと、「うん、美味い」と頷《うなず》いている。

雨妹は次にエビの串を取る。

「エビもおいし～い♪」

プリッとしていて甘味があって、味付けがなにもなくても十分に美味しい。

「……お前は、よくソレを口にできるな」

立勇はアジは川魚と変わらない見た目だからいいとして、エビは見た目がよろしくないのか、抵抗があるらしい。

――まー、海を知らないとこうなるよね。

利民の屋敷での食事で、エビも出てきたはずなのだが。魚介に慣れない都人を気遣って、小さくて存在感がうすかったり、細かく刻んで形がわからないようにして料理されていた。これは料理長も都から引き抜かれた故の気遣いだろう。だから立勇は、大きなエビの姿を見るのは初めてなのだ。

「あれ？　でも利民様の船に乗った時、魚を食べなかったんですか？」

それこそ、魚食べ放題に思えるのだが。

「川でもそうだが、船の上では火を扱うのが難しい。ゆえに行軍同様、食料は保存食だな」

長い航海ならばともかく、数日程度では船上調理はしないらしい。漁師もこれに口を挟んで教えてくれたことによると、調理は水も使うので、どんな大きな船であっても、余分な水を積む余裕はないとのことだった。

火を扱わないのであれば、生という手もあるが、船上では食中毒も敵なので、生食もよほどでなければしないらしい。

そんな船の知識を得たところで、サザエもいい香りがしてきた。

前に見た時は不気味な見た目で拒絶していた立勇であったが、イカの前例を踏まえて小さく刻まれたものを食べてみたところ、なんと気に入ったという。あんなに食べるのに腰が引けていたものの、一口食べたら口に合ったようだ。

――なんでも、食わず嫌いはよくないよね！

これがまた都に戻れば、魚介が食べられない生活に戻るのだから、今のうちにお腹《なか》いっぱいに食べておきたい。

「さあ、まだまだ食べ溜めしますよ！」

「……土産を買い忘れるなよ」

魚介に心を奪われている雨妹に、立勇が釘《くぎ》を刺した。

魚介を堪能して満足した雨妹は、忘れずにお土産を選ぶ。

「お土産、なにがいいか……」

雨妹は浜辺から再び通りの方へ戻り、店先を覗《のぞ》いて回る。

旅をするのが一苦労であるこの国では、遠方からの観光客という存在はあまり一般的ではない。

前世のような集団観光など言わずもがなだ。

なので、土産物が纏《まと》まっているような土産物店というものは存在しないため、ひたすらにいい品との出会いを祈るしかない。

「なにがいいですかね？」

雨妹は参考に立勇に尋ねてみた。なにせ今世初のお土産選びなのだから、選ぶ基準が難しい。

「酒じゃないか？　佳は珍しい酒があると、利民殿も言っていたからな」

「なるほど」

確かにここ佳は、外国の品が手に入るし、国内の品だって外国に運ぶために国中の品が集まる場所。なので酒の種類も豊富にある。飲んでもいいし、料理にも使えるお得な品だ。

というわけで立勇の助言を聞き入れ、珍しい酒を買うことにした。

雨妹もちょっと試飲をして、酒をそれぞれに違うものを買う。美娜や楊には甘めのものを、陳には辛口のものを選んだ。

目的のものを買ったら、もう用事は済んだのだが。

「せっかくなので、海で遊んでいきましょうよ！」

思えばせっかく海の街へ来たのに、海と触れ合っていない。海賊騒動で漁船に乗ったのは、海との触れ合いとは言えないだろう。

「また、意味のわからんことを言う奴め……」

立勇は眉《まゆ》をギュッと寄せて渋い顔をする。この国では海で遊ぶなんていう考えはないらしい。

けれど雨妹が引き下がらなかったので、海での思い出作りということで、浜辺を散策することになった。

再び浜辺にやってきて漁師小屋から離れれば、とたんに人がいなくなる。

海で遊ばないということは、「遊びで泳ぐ」という考えもない。なので浜辺に観光客がいたりはせず、たまに雨妹のようなもの好きが来る程度。

故に浜辺は、現在雨妹の貸し切りのようなものだ。

「うひゃあ、つめたいっ！」

雨妹は我慢できずに裸足《はだし》になって海に足をひたし、波がやってきては引くのを楽しむ。

本当なら泳ぎたいところだが、海で泳ぐ文化がないので、水着などというものも存在しない。海へ入る漁師たちは、濡《ぬ》れてもいい服を着て泳ぐのだ。なので濡れるわけにはいかない雨妹は、こうして波打ち際で足を濡らすのがせいぜいだ。

しかし、こうしているだけなのも味気ない。

――そうだ、貝がらも拾っていこうっと！

海のお土産といえば貝がらだって定番だろう。

というわけでしゃがんで貝がらを拾い始めた雨妹を、立勇が無言で後ろから見守っている。

「そういえば、立勇様は泳げるんですか？」

ふと疑問に思って貝がら拾いの手を止めた雨妹の質問に、立勇が呆《あき》れた顔をする。

「泳げなければ、利民殿が船に乗せるはずがあるまい」

――そりゃそうか。

立勇の答えに、雨妹も頷く。客人が自分の船に乗っていて溺《おぼ》れでもしたら、大問題に発展する。

「河ではあるが、泳ぐ訓練はした。だが河と海ではずいぶん違ったな」

「まあそうですね、海の水はどうしてもベタベタしますし」

立勇の感想に雨妹は相槌《あいづち》を打ちながら、ふいに悪戯《いたずら》がしたくなった。

「……てぃっ！」

しゃがんでいた雨妹は、立勇に向かって海水をすくって投げる。

しかし、その海水は立勇にあっさり避《よ》けられた。

「なにをするか、お前は！」

叱りつける立勇に、雨妹は「ふーんだ」と口を尖《とが》らせる。

「海を前にそーんなかったい顔をしているなんてもったいない、もっと羽目を外して海を楽しみましょうよ！」

「……護衛が羽目を外すなど論外だ」

護衛の鑑《かがみ》のような発言をする立勇に、しかし雨妹は立ち上がって波を蹴《け》り、第二波を繰り出す。

「こらやめんか、それにはしたない！」

またも海水を避ける立勇に、雨妹はどうしても海水を浴びせたくなった。いや、この際海水でなくて砂でもいいいと、砂を蹴り始めると。

「やめろというに！」

立勇もしつこい雨妹に頭にきたのか、砂をかけ返してきた。

こうなると雨妹とてムキになってきて、それからしばし砂のかけ合いになり、立勇が我に返るまで続く。

結局最後には二人して砂まみれになっていて、利民の屋敷に戻ると、ちょうど出くわした潘公主に驚愕《きょうがく》されてしまった。

——私たち二人して、なにやってんだか。

部屋で砂まみれの服を着替えて、髪についた砂も払いながら、腹の底から笑いがこみ上げてくる。

なんの意味もないことをするのは、案外気持ちがスカッとするもので、佳を発《た》つ前の、海の楽しい思い出となった。

終章　「帰る」

宴が終わった、数日後。

頼まれていた仕事を完遂した雨妹《ユイメイ》は、立勇《リーヨン》と共に帰ることとなった。

いよいよ出立の日の朝。

太子の遣いの帰京の見送りのために、屋敷の正面入り口の広場に大勢の使用人が並んでいる。その中には、わざわざ仕事の手を止めて料理長も出てきてくれていた。

料理長からは旅の道中のなぐさめにと、たくさんのおやつを貰《もら》っている。全くこの料理長はこの夏の滞在で、雨妹のおやつ事情をよく理解しているではないか。

そしてそんな使用人たちの先頭には、利民《リミン》と潘《パン》公主夫妻がいた。

「長々とお世話になりました」

雨妹が夫妻に旅立ちの挨拶《あいさつ》をすると、潘公主が進み出て手を握ってくる。

「名残惜しいわ、雨妹。まるであなたと長年共にいたような気持ちだもの」

少し寂しそうな表情である潘公主に、雨妹は「そう言っていただけて、光栄です」と笑顔で返す。

そんな雨妹と、隣の立勇に潘公主が語る。

「あなたの逗留《とうりゅう》を乞《こ》うたのはわたくしです。そして太子殿下にそれを願ったこの選択は正しかった。

雨妹、それと立勇、改めて本当に感謝いたします」

そう話す潘公主は、目に涙を滲《にじ》ませていた。

そんな潘公主の隣に、利民も進み出て並ぶ。

「あんたらがいなかったら、取り返しのつかねぇしくじりをしていたかもしれねぇ。本当になにもかもの恩人だ。ありがとうな」

利民は雨妹と立勇の肩を強く叩《たた》く。

あのままもし、潘公主が儚《はかな》くなってしまっていたら、戦乱の世の再来は免れなかったかもしれないのだから、利民の言葉には色々な感情が籠《こも》るものであった。

「そうならずに済んだのも、最初にこの視察を決めた皇帝陛下のご判断あってのこと。全ては陛下の御心の結果でございましょう」

この利民の言葉に、立勇がそんなことを言う。

確かに、そもそも太子を佳《カイ》へ視察に遣わせたのは皇帝だというのは、雨妹も聞かされている。もしかして皇帝は、佳方面でのなにがしかの危険要素を知っていたのだろうか？　まあそのあたりのことは想像するしかできないが。

——昔は「頼りがいのある皇帝陛下だ」って言われていたみたいだし。

その頼りがいの片鱗《へんりん》がコレなのかもしれないと思うと、ちょっと嬉《うれ》しくもある雨妹である。たとえ全くの他人として暮らす間柄であるとしても、父である人が誇れる人物であると嬉しいのだ。

「そうだな、この度のことは黄《ホアン》大公にも詳細に報告して、皇帝陛下にも相応の礼を尽くすつもりだ」

利民も頷《うなず》いてそう告げる。

そんな風に、話は尽きないところだが。

「いつまでも話していたいけど、引き留めていては道行に差し支えますね」

潘公主がそう言って、利民と共に雨妹たちから距離をとった。もう軒車《けんしゃ》に乗っていいという合図であるようだ。

「では潘公主、利民様。梗《キョウ》よりお二人の幸運をお祈りしております」

「どうぞ、末永くお幸せに」

立勇の挨拶に、雨妹もそう続けて軒車に乗り込む。

立勇は中に乗らずに御者席に座るが、それというのも往路に乗ってきた馬を太子一行と共に返してしまったためである。

ちなみにだが、利民からのたくさんの贈り物は、雨妹たちとは別に厳重な護衛を付けて出立する予定である。

「ありがとう、お二人とも!」

「また来い！　今度は遊びにな！」

二人のそんな声に送られて、雨妹たちの乗った軒車は屋敷を出立した。

往路と違って雨妹と立勇の二人だけの旅路なのだが、徐州《ジョシュウ》との関所まで利民の手の者が護衛をしてくれる。荷物を載せた荷車も、彼らに頼んであった。

そして往路で立ち寄った都人向けの宿場町を通り過ぎ、関所へと直行する。

関所では宮城側からの護衛が待っていて、徐州側から護衛と荷車が引き継がれ、この先のあの檸檬《レモン》を見つけた宿場町へと向かう。

そこでは、檸檬売りの姉弟《きょうだい》と再会できた。

「おねーちゃーん！」

ブンブンと手を振る姉弟の二人は、あの知り合いの肉屋の前に屋台を出して、水飴《みずあめ》檸檬水を売っていた。これが夏の暑さも相まって人気であるようで、雨妹が訪ねた際も数人並んでいる。

「へいらっしゃい！　嬢ちゃん、こっちも食いねぇ！」

屋台に場所を提供している肉屋から、店主に声をかけられる。

こちらも水飴檸檬水と一緒に食べられるようにと、鳥の揚げ物を売っていた。

――甘いとしょっぱいで攻めるとは、なかなかの策士！

これがまた、暑さで食欲が減る中でも美味《おい》しいと評判らしい。

今は水飴檸檬水だが、涼しくなってきたら屋台は水飴檸檬湯にして、肉屋も煮込みにするのだそうだ。

ちなみに姉弟にあれからの話を聞いたところ、自宅には佳から取引をしたいという利民の手の者がやってきて商談がまとまったし、都からも「さる御方から黄色い果実の噂《うわさ》を聞いた」という商人が買い付けに来たそうで。

「また詐欺なんじゃないかって、母ちゃんが疑ったの！」

「そうそう、すごい怒ってたぁ！」

——まあ、そうなるよねぇ。

姉弟それぞれの報告に、雨妹もさもあらんと頷く。

なにせあの騙《だま》されやすい父親であるので、慎重になるのも当然だろう。

しかし何度もやってきては誠実に話をする相手に、母親も「もしかして本当なのか？」と思い始めた。そこに至るまで、かなり日数を要したらしいが。

大量注文をこなすために檸檬畑を拡大しようとなったのはいいが、人手が追い付かないため、近隣の家に声をかけているところであるとか。この調子だともしかしたら、里を挙げての檸檬栽培に発展するかもしれない。

そんなその後の話を聞けて、これは太子にいい土産話ができたとホクホク顔の雨妹を乗せて、軒車は一泊した宿場町を出立する。

軒車で進んで宿場町に泊まってをもう一日くり返すと、雨妹は長々と軒車の中に座るのに気持ちもお尻《しり》も飽きてしまった。そこで御者席の立勇の隣に座っていたら、往路でも通った小麦畑はすっかり空になっていて、秋の種まきに向けての作業をしている姿がチラホラ見えた。

そんな畑仕事をしている人々の中で、三人家族に大きく手を振られた。見れば、あの熱中症で倒れた男とその家族である。

すっかり元気そうなその家族に、雨妹は手を振って「ちゃんと休憩しなさいよね〜！」と叫んでおいた。

そんなことがありながら、軒車は進み。

日が傾く頃になって、ようやく都の大きな門が見えてきた。

この門から宮城までは護衛がさらに増えて、彼らに「中にお入りください」と言われた雨妹が御者席から車内に戻ると、軒車は都の中央通りを進んでいく。

――いよいよ旅も終わりかぁ。

雨妹がそんな風に思っていると。

コンコン。

立勇から御者席に面した窓を外から叩かれ、雨妹は「なんですか？」と尋ねる。

すると立勇が視線で道の先を示し。

「出迎えが見えるぞ、ほら、あそこだ」

言われた方向を見ると、百花宮《ひゃっかきゅう》の正面入り口である乾清門《けんせいもん》に、門番以外の人影が見える。

それは宮女のお仕着せ姿の恰幅《かっぷく》の良い女と、気難しそうな女官、小動物系な太子宮の宮女、医官の宦官《かんがん》が揃《そろ》って立っていて、ソワソワとした様子でこちらを見ていた。

見覚えのあるその姿に、雨妹は軒車の窓を開けて身を乗り出す。

「美娜《メイナ》さん、楊《ヤン》おばさん、鈴鈴《リンリン》、陳《チエン》先生～！」

そして大きく手を振りながら叫ぶと。

「おぉ～い、阿妹《アメイ》ぃ！」

「雨妹さん、お帰りなさ～い！」

美娜と鈴鈴の声が聞こえる。楊と陳は手を振り返してくれた。

この様子に、雨妹の胸の奥がじんわりと温かいもので満ちてくる。

「わざわざ門まで出張って来るとは、好かれているな」

立勇が御者席からそう声をかけてきたのに、雨妹はコクコクと頷く。

――ああ、帰って来た！

雨妹はそう思うと、ホッとした気分になると同時に、「ああ、そうか」と納得する。

辺境で育った雨妹は、故郷とは辺境の里を指すのかもしれない。

しかし、あの里は必死に生きた場所であって、思い出してホッとする場所ではなかった。

けれど今、雨妹は今世で感じたことのない安心感に満たされている。野次馬根性でやってきたこの場所は、いつの間にか雨妹の居場所になっていたのだ。

「ただいまぁ、みんな！」

雨妹は良く晴れた空に声が響く中、軒車が停《と》まるのをもどかしく待ち、車輪が動かなくなった瞬間に飛び降りて、皆の所へ駆けていく。

「張《チャン》雨妹、ただいま帰りました！」

そう言ってシャンと背筋を伸ばして挨拶をした雨妹は、すぐにフニャリと表情を崩して皆に抱き着く。

「ただいま、ただいまぁ～！　皆も元気でした⁉」

何度でも「ただいま」を言いたい雨妹に、まず美娜がギュッと抱きしめてくる。

「阿妹も、元気そうじゃないか！　もし痩《や》せ細って帰ってきたらどうしようかと思ったけど、ちゃんと食べられていたみたいだね！」

「はい！　海のお魚は美味《おい》しかったです！　むしろ太っちゃいましたよ！」

そんな会話をする雨妹と美娜の横から、楊と陳が話しかけてきた。

「佳は賑《にぎ》やかだっただろう？　きっと変わっていないんだろうねぇ」

「それにしても、良く日焼けしてるなぁ！」

楊と陳がそれぞれにそう告げる。それにどうやら楊は佳を訪ねたことがあるらしい。

「色々ありましたけど、賑やかで楽しい街でしたよ！　海の日差しは強いから、こんがりになっちゃいました！」

雨妹はそれぞれにそう言いながら、鈴鈴にも話しかける。

「鈴鈴も、出迎えに来てくれてありがとう！」

鈴鈴が「元気そうでよかったです！」と笑ってから告げるには。

「私、太子殿下直々に、『私の代わりに雨妹を出迎えに行ってやってほしい』って頼まれちゃいまして。帰着の挨拶は明日でいいということでした！」

どうやら鈴鈴は太子からの伝言係でもあるらしい。

「それで立彬《リビン》様にも、『一緒に出迎えに行きませんか？』って声をかけようかと思ったんですけど、会えなくって。それに最近、お姿を見ないんですよね」

鈴鈴にそんな話をされた雨妹が「そう言えば」と御者席を見ると、そこは既に空だ。立勇はいつの間にか姿を隠したようである。

——見つかると面倒だもんねぇ。

一応、立彬とは別人であるらしいが、会わないのが一番の解決策であるには違いない。

「まぁ、立彬様とはそのうちに会えるかな。それよりも！　皆にお土産を買ってきたんです、たくさん！」

雨妹はそう言いながら、軒車に続いている荷車を指し示すと。

「それもいいけど、土産話が聞きたいねぇ。海の魚はどうだった？　化け物みたいに大きな魚がいるって話じゃないか」

「潘公主はお元気だったかい？」

「珍しい薬はあったか？」

「佳って街並みが独特なのだって、太子殿下からお伺いしました。どんな感じですか⁉」

それぞれがやいのやいのと言ってくるのに、雨妹は笑う。

「まあまあ、いくらでも話しますけど、夜通しになっちゃうかもしれませんよ⁉」

そんな風に賑やかに会話をしながら、雨妹は皆と並んで門を潜《くぐ》る。

雨妹が百花宮を旅立ったのは夏の初めであった。
けれど気付けば暑い盛りは過ぎようとしていて、秋の足音が近付いていた。

Fin

書き下ろし短編　お礼をする人、される人

立勇《リーヨン》が海賊退治から戻って来たことで、雨妹《ユイメイ》の佳《カイ》での日常が戻ったのだが。

日常が戻ったことで、雨妹はふと考えたことがある。

それは、「果たして護衛の人はきちんと食事をとっているのだろうか？」ということだ。

いつでもどこでも、雨妹が困っていると反応があった護衛の人だが、彼らはいつ休んでいるのだろう？　なにせあちらは立勇と違って、生活実態が全くわからないのだ。

——どうしよう、護衛さんが干し肉とか干し芋とかばっかり食べていたんだったら……！

雨妹はそんな恐ろしい想像に襲われた。

雨妹だって干し肉には辺境でお世話になったし、干し芋だって好きだけれども、アレばっかり食べていたら口の中の水分がまるっと持っていかれてしまう。それにこんなに暑いのだから、冷たいものだって食べたいだろう。

なのに、雨妹に張り付いているがために、そんな食という人生の幸せから強制的に遠ざけられていただなんて、申し訳なさ過ぎるではないか。

雨妹としては、お世話になったお礼も兼ねて、ぜひ口の中が渇かない、それでいて暑さを忘れるような食べ物を食べてほしい。

というわけで、雨妹はなにをご馳走《ちそう》すべきか考える。

――やっぱり豆花《トウファ》だよね！

暑い中で食べる豆花は最高に美味《おい》しく、手間はかかるが雨妹にも作れる料理だ。甘くすれば甘味になって、塩気を足せばおかずになるという、万能料理でもある。

料理上手な美娜《メイナ》ほど美味しくは作れないだろうが、料理は愛情だと言うではないか。

なので思いついてすぐに料理長に台所の片隅を貸してもらえないかと頼みに行くと、材料を融通してもらえることになった。

なので早速、料理開始だ。

ちなみにもちろん、護衛として立勇が張り付いているが、雨妹の料理をする目的を聞けば「まあ、どこかで買ってきて、足がつくよりはいいんじゃないか？」と了承してくれた。どうやら余所《よそ》で買ってどこへそれを持ち込んだのか？　というのが露呈するのがダメらしい。その点雨妹が自分で作れば、自分が一人で食べきったという言い訳が成立するのだ。

というわけで豆花作りだが。

豆花を作るには、まず豆乳から作らなければならない。なにしろここには前世のように、豆乳を売っているスーパーマーケットなどはないのだ。

もしかすると料理長に頼めば、台所で作った豆乳を分けてくれるのかもしれないが、これは雨妹のお礼のための料理であるので、できる限り料理長を頼らずにやりたいのだ。

豆乳作りに用意するのは、大豆と水のみ。

まずは大豆をよく洗い、水に一晩浸《つ》けておき、翌日にその水を吸った大豆を頑張って潰《つぶ》してドロドロにする。その後ドロドロになった大豆を鍋《なべ》に移し、差し水を加えて火にかけて焦げ付かないようにかき混ぜ、沸騰してきたら弱火にしてしばし見守って火を止めたら、その熱々のドロドロ大豆を濾《こ》し布の中に入れ、これまた頑張って搾れば、豆乳の完成だ。

濾し布の中に残ったのがおからだが、こちらもちゃんと使うけれども、今は豆乳だ。

この豆乳を凝固剤で固めて、豆花を作る。

美娜が作ってくれる豆花は食用の石膏《せっこう》を使っているが、雨妹はここは海だということで、にがりを使うことにした。

にがりで作る豆花とは、要するに前世の豆腐なのだが、実は前世で豆乳からの手作り豆腐に一時期ハマったことがあって、作り方はバッチリ覚えていたりする。というか、豆乳を温めてにがりを入れるだけなのだ。

それにこのあたりでは豆花をにがりで作るのが普通であるようで、それ以外の料理でもにがりが普段使いされていて、容易に手に入る代物だったりする。特に汁物のアク取りに便利なのだという。雨妹は前世でにがりというと豆腐しか思い浮かばないが、それ以外にも色々使えるのだと、今世になって学んだ次第である。

さて材料が揃《そろ》うと、どの程度の量で豆花を作るかだが。

――どのくらい食べるかわからないし、たくさん作ればいいよね！

大は小を兼ねるものだし、甘い豆花とおかずになる豆花とを作るので、雨妹は大きめの器を二つと、自分での味見用の小さな器を用意する。その器に、鍋で温めた豆乳を甘いものと甘くないものとに分けて入れ、にがりを混ぜると固まるまで待つ。

そしてしばらく後。

「できた！」

やがて固まった豆花は、もちろん温かいままでも十分美味しいのだが、冷やすために井戸水に浸しておく。

この豆花と合わせるものも、もちろん用意した。

甘味用の黒蜜《くろみつ》と、おかず用の野菜の和《あ》え物や海鮮の餡《あん》を添えて、好きに食べてもらうのだ。

海鮮餡は、料理長から料理で出た海鮮の端切れなどを貰《もら》ったし、なんなら餡も既に作ってある出汁《だし》を分けてもらって作ったものだったりする。雨妹はそれらを合体させただけだが、これも手作りだと言い張りたい。

――護衛さん、エビを食べるかなぁ？

小さいエビがあったので入れたのだが、果たして護衛の人は見たことがあるだろうか？

ともあれ、早速自分用の豆花を味見だ。

もちろん、背後で見守っている立勇の分もある。雨妹は自分だけ食べるなんていう意地悪をしないのだ。

――だって、自分がされたらすごく切ないもんね！

というわけで、立勇と一緒に豆花を食べる。

「うむ、普通に豆花の味だな。ただ、少々食感が違うか？」

立勇からそんな感想を貰った。

「まあ、この材料で豆花以外の味になりようがないですよね。食感は、凝固剤の違いだと思いますけど」

雨妹はそう返しながら、立勇から不味《まず》いと言われなかったので、これを護衛の人にあげてもいいということだろうと判断する。

豆花が冷えるまでの待ち時間で、手元に残ったおからの再利用だ。

おからは小麦粉の代わりとして使える代物だ。そしてこれで作るならば、またまた雨妹が大好きな麻花《マーホア》だろう。

作り方は簡単で、おからに砂糖と塩と油を混ぜて練って作った生地を、ネジネジに形成して揚げるだけだ。簡単だからこそ、作る者の腕前が露《あら》わになるという菓子でもある。

これも、美娜ほどではないけれども、そこそこ美味しそうな麻花ができたと思う。雨妹が揚げたてを口に放り込むと、サクッと軽い食感が口に広がる。それが、百花宮《ひゃっかきゅう》でいつも美娜が作ってくれる揚げたて麻花を思い出させた。

「美娜さん、どうしているかなぁ？」

美娜に楊《ヤン》に鈴鈴《リンリン》に陳《チエン》は、どうしているだろう？　手紙を読んでもらえただろうか？　急にそんなことが気にかかった雨妹は、百花宮が故郷でもないのに、ちょっと郷愁みたいなものに誘われる。

ぼんやりと麻花をサクサクと食べていた雨妹に、立勇がなにを思ったのか、ポンと頭を軽く叩いた。

「あとしばしで帰れるから、もうちょっと踏ん張れ」

「……そうですね！」

立勇からの言葉に、雨妹はニパッと笑った。

そう、もうちょっとで帰れるのだから、郷愁にはあと少しだけ我慢していてもらおう。

＊＊＊

「頭、差し入れですぜ」

そう言って隠れ家に護衛からの交替で戻って来た男が持っているのは、大きな包みであった。

「なんだ？　急に気を利かせるなんざ気味が悪《わり》ぃことをしやがって」

頭と呼ばれた男は、その者が持って来た包みをジロリと見やる。

「まあまあ、開けますぜ」

そう言った男が綺麗《きれい》な布の包みを開くと、中身は大皿に盛られた二皿の豆花と麻花であった。

「ずいぶん洒落《しやれ》たモンを持って来たな？」

麻花を一つつまんでしげしげと見る頭に、持って来た男が告げる。

「それ、例のお嬢からの差し入れですぜ」

「ほう？」

これを聞いた頭が持っていた麻花を口に放り込むと、サクッと軽い音が鳴った。

「ふん、なかなか美味《うま》い」

そのまま続けていくつか食べる頭に、男がニヤリと笑う。

「コレ、あのお嬢の手作りでさぁ」

頭は目を見張って、皿をマジマジと見る。

「そりゃあまた、貴重だな」

高貴なる御方の手料理など、恐らくは世に出ることも稀《まれ》だ。というよりも、料理をする高貴なる御方なんていないだろう。

なんの因果か掃除係なんてものをやっている宮女以外は、だが。

「こっちの豆花も食ってみましょうぜ」

男がそう言い、添えてあった小皿と匙《さじ》を持って豆花の大皿の一方を掬《すく》う。紙が挟んであり、「甘味」と書いてある方だ。この男は甘いもの好きなので、当然の選択だろうと頭は思う。

「かぁ、美味《うめ》ぇ！　干し肉や干し芋なんかとはえれぇ違いだ！」

男が豆花を飲み込んでから、そう歓声を上げる。

「ふむ、海鮮の豆花か。こりゃあ佳でねぇと食えねぇ代物だ」

頭の方も、もう一皿の豆花を食べていた。

彼らは可能な限り人に知られないように行動しているので、食事は現地で調達せずに、定期的に仲間が持って来る保存食ばかりだった。なので、こうした食事は都を出て以来だ。

図らずも、雨妹の心配は当たっていたのである。

しばし、料理をしみじみと味わっていた二人であったが。

「あのお嬢が料理上手なのを、不憫《ふびん》だって言う輩《やから》もいるんでしょうかね？」

男がボソリとそう言った。

「まあ、世が世ならば大勢にお世話をされる身分だっただろうからな」

頭は否定せずにそう語る。

しかし、男は一人首を捻《ひね》る。

「けどなんでしょうねぇ？　俺《おら》ぁ、どうもあのお嬢が不憫な女に見えないんで」

この言葉に、頭がクククッと笑う。

「そりゃあ奇遇だ、儂《わし》もあの娘はすこぶる幸せそうに見えるな」

そう話す頭は、これまで色々な人間を見てきたつもりだ。そしてわかることは、人にはそれぞれに適した生きる場所があるということだ。その適した場所に巡りあえないと、人は不幸になり、時に命を縮めてしまう。

それで言うとあの奇妙な因果に流されてここまできた娘は、己の居場所を意地でも掴《つか》み取る気概があるように思える。

そう感じるのも、頭が出立する前に、主《あるじ》から言われた言葉があるからだ。

『あの者を、ただ微細にも損なうことは許されない』

これを聞いた頭は、ただ「傷モノにするな」という意味だと捉《とら》えた。

しかし、今ならわかる気がする。

あの娘の性根も含めて歪《ゆが》ませたくないと、そう言われたのだろう。

頭がそんなことを考えながら食べていると、男が気がかりそうに言ってきた。

「こんなモンのこと、上に報告するわけにゃあいきませんよね？」

「当たり前だろうが、自分の身が可愛《かわい》いならば極秘事項だ」

頭がそう釘《くぎ》を刺すと、男は「うす」と返事をしたものの。

「残しておかないと、他の連中に恨まれますよね？」

「……そうだな」

二人はそう言い交わしながら、それでも匙を動かすのを止めない。

結果、二人してついペロッと食べ過ぎてしまい、その場にいなかった仲間に盛大に嘆かれたことは言うまでもなかった。

＊＊＊

「あ、器が返ってきてる」

雨妹が昨日作った料理の器は、自分の部屋の卓の上に置いていたのがいつの間にかなくなっていたのだが、それがまたいつの間にか戻っていた。

器は綺麗に洗ってあり、手紙が添えてある。

「好吃《ハオチー》」

ただそれだけ書かれた、達筆な手紙だ。

――いつも、絶対に声は聞かせてくれないんだよねぇ。

まったくもって、謎に包まれた「護衛の人」である。

けれどなんだろうか、例えるならば決して人に懐かない野良猫の餌付けに成功した時のような、なんとも言えない達成感に包まれた雨妹なのだった。

あとがき

「百花宮《ひやつかきゆう》のお掃除係」四巻を手に取っていただき、ありがとうございます！

三巻を「続く！」で終わってしまったので、読者の皆様にはヤキモキさせてしまったことでしょう（笑）。

この四巻は「雨妹海《ユイメイ》で大暴れ！」な話になっておりますが、あとがきから先に読む読者様がいらっしゃるかもしれないので、中身には触れずにおきますね。


これを書いている時は、桜が満開な春真っ盛りの時期でして。散歩する通り道に咲く桜を勝手に標本木にして、「まだ五分咲きか」とか一人開花チェックとかやっていました。

え、みなさんもありますよね？　自分標本木。私だけってことはないですよね？

今年はどこでも「お花見しないで！」って通達されていますけど。こうして散歩して眺める分には、宴会のない桜の愛《め》で方もいいものだな、とか思ったりします。第一お花見の時って、主役は桜じゃなくってお酒ですしね（笑）。

けど、この本が出る頃には既に梅雨《つゆ》入りしている時期でしょうかね？

六月はジメジメして苦手ですが、梅を漬《つ》ける季節でもあります。ウチは毎年、知り合いから梅をどっさり貰って、梅酒とか梅シロップとかを漬けるのですよ。

特に梅シロップはいいですぞ、夏バテにてきめんに効きます！　特に砂糖ではなくて、蜂蜜《はちみつ》で漬けるのが栄養があってオススメ！

やっぱり暑い時期にできる食べ物って、暑さに効くようにできているんですかね？

そう言えば、四巻の原稿を書いている時は冬場に夏の話を書いていて、季節外れもいいところだったのが、発売になると季節が合いました。三巻はまさに冬真っ盛りに出たので、半年かけて季節を合わせてきたという、ある種のミラクルです！

そんな「百花宮のお掃除係」ですが、ＦＬＯＳ　ＣＯＭＩＣ様より、shoyu様によるコミカライズ一巻が絶賛発売中です！

こちらは「雨妹の物語序章！」といった内容になっておりますが、とにかく雨妹が元気可愛《かわい》い＆食いしん坊です（笑）。

雨妹の基本情報のおさらいをするにはうってつけな内容になっておりますよ！　それに個人的に美娜《メイナ》さんがとっても美娜さんで、お気に入りです♪

それでは、これから来たる夏に負けないように、雨妹の元気が読者の皆様に乗り移りますように！

お便りはこちらまで

〒102－8177
カドカワBOOKS編集部　気付
黒辺あゆみ（様）宛
しのとうこ（様）宛

カドカワBOOKS

百《ひゃっ》花《か》宮《きゅう》のお掃除《そうじ》係《がかり》　4
転生《てんせい》した新米《しんまい》宮女《きゅうじょ》、後宮《こうきゅう》のお悩《なや》み解決《かいけつ》します。

2021年６月10日　初版発行
2021年９月10日　３版発行

著者／黒辺《くろべ》あゆみ

発行者／青柳昌行

発行／株式会社KADOKAWA

〒102-8177
東京都千代田区富士見2-13-3
電話／0570-002-301（ナビダイヤル）

編集／カドカワBOOKS編集部

印刷所／暁印刷

製本所／本間製本

●お問い合わせ
https://www.kadokawa.co.jp/（「お問い合わせ」へお進みください）
※内容によっては、お答えできない場合があります。
※サポートは日本国内のみとさせていただきます。
※Japanese text only

Printed in Japan
ISBN 978-4-04-074130-7 C0093

新文芸宣言

かつて「知」と「美」は特権階級の所有物でした。

15世紀、グーテンベルクが発明した活版印刷技術は、特権階級から「知」と「美」を解放し、ルネサンスや宗教改革を導きました。市民革命や産業革命も、大衆に「知」と「美」が広まらなければ起こりえませんでした。人間は、本を読むことにより、自由と平等を獲得していったのです。

21世紀、インターネット技術により、第二の「知」と「美」の解放が起こりました。一部の選ばれた才能を持つ者だけが文章や絵、映像を発表できる時代は終わり、誰もがネット上で自己表現を出来る時代がやってきました。

UGC（ユーザージェネレイテッドコンテンツ）の波は、今世界を席巻しています。UGCから生まれた小説は、一般大衆からの批評を取り込みながら内容を充実させて行きます。受け手と送り手の情報の交換によって、UGCは量的な評価を獲得し、爆発的にその数を増やしているのです。

こうしたUGCから生まれた小説群を、私たちは「新文芸」と名付けました。

新文芸は、インターネットによる新しい「知」と「美」の形です。

2015年10月10日
井上伸一郎

百花宮の
お掃除係
新米宮女、後宮のトラブルも呪いも人間関係も
医療チートで全部解決しちゃいます!!
コミックス
2巻
発売中!
FLOS COMICにて
好評配信中!
shoyu
原作:黒辺あゆみ
キャラクター原案:しのとうこ
Comic Walker内
フロースコミック
公式サイトはこちら

王都の外れの錬金術師
～ハズレ職業だったので、のんびりお店経営します～
yocco　イラスト＝純粋
魔導師の家系なのに、ハズレ職の錬金術師と判定されたデイジー。が、希少な「鑑定」持ちの彼女にとって、実は天職だった！　職人顔負けの高品質ポーションを量産する腕前は、国の技術を軽く凌駕していて……!?

竜と精霊と聖女の力で……
領地がめちゃめちゃ強くなってます!?
B's-LOG COMICほかにて
コミカライズ決定!
漫画：黒野ユウ

役立たずと言われたので、わたしの家は独立します！
～伝説の竜を目覚めさせたら、なぜか最強の国になっていました～
遠野九重
ill 阿倍野ちゃこ
カドカワBOOKS
言いがかりで婚約破棄された聖女・フローラ。そんな中、魔物が領地に攻め込んできて大ピンチ。生贄として伝説の竜に助けを求めるが、彼はフローラの守護者になると言い出した！　手始めに魔物の大群を一掃し……!?